명청대
출판문화

명청대 강남후원문화 시리즈

명청대 출판문화

■ 박계화 · 장미경 공저

이담
Books

이 저서는 2005년 정부(교육인적자원부)의 재원으로 한국학술진흥재단의 지원을 받아 수행된 연구임.(KRF-2005-079-AM0044)

• 일러두기

1. 중국어 표기는 한국어 한자 발음으로 표기하였다.

2. 용어 및 개념 설명 등은 각주로, 인용문의 출전이나 원문 및 참고자료 등은 미주로 처리하였다.

○ '명청대 강남후원문화 시리즈'를 발간하며

상명대학교 중국어문학과 교수 / 권석환

본 시리즈는 2005년부터 한국학술진흥재단의 후원으로 이루어진 <중국 강남江南지역 명청대明淸代 문화후원시스템Patronage System연구>의 결실이다.

장강 중하류 삼각주 지역에 형성된 '강남江南'지역 문화는 남송南宋 이후 줄곧 중국의 경제발전과 함께 성장하였고, 특히 16세기 중엽에 이르러 예술과 문학의 분야에서 새로운 전기를 맞이하였다. 양명학陽明學과 같은 새로운 사상이 유행함에 따라 실용적인 지식에 대한 관심과 과학적 정신이 고양되었고, 문화 각 방면에서 자유롭고 독창적인 정신이 나타나기 시작하였다. 예술분야에서는 전통에 도전하는 창의적인 작품들이 양산되고, 자의식이 강한 낭만적인 문학이 크게 발전하였다. 유럽의 르네상스에 필적하는 이러한 명말明末의 '문예부흥'에는 왕실의 행정적인 후원과 경제적 지원이 중요한 역할을 하였지만, 그 이면에는 부유한 상인, 문예작품의 감정 수집가, 사대부 혹은 관리들의 호의적인 협력이 있었다. '상업자본'이 형성되고 '시장경제'가 발달하기 시작한 18세기에 이르러서는 왕실보다는 오히려 그들이 더욱 중요한 후원자로 등장하게 되었다.

본 연구는 이러한 후원들이 하나의 사회시스템의 형태로 나타나 명청대의 문학예술 및 학술의 발전에 결정적인 역할을 하였다는 가설에서 출발하였다. 즉 명청대 예술과 문학의 중요한 동력으로 작용한 구성요소들, 연극戲班, 회화, 원림의 세 문예 장르와 그 문예의 발생 흥성의 환경요소라 할 수 있는 '문인결사'와 '도서출판' 등에 대하여 상업자본의 후원이 비교적 장기간에 걸쳐 나타났고, 그것들이 상호작용이 안정된 패턴을 나타났음을 확인하였다. 본 연구에서는 이것을 명청 시대 강남 지역 문화 '후원시스템patronage system'으로 명칭하고, 명청대 문화 후원의 형태, 후원 시스템과 그에 의해 생산된 예술 및 문학작품의 상관 관계, 명말 상공인의 출현과 시장경제가 가져온 후원시스템의 변화, 그리고 그로 인한 예술과 문학의 생산 환경 변화 양상 등을 다음과 같이 해명하였다.

첫째, 강남지역 명청대 문화 후원은, 서구 르네상스 시대 왕공王公이나 귀족 또는 가톨릭 성당에 의한 예술 후원art patronage과 달리 훨씬 더 다양하면서 복잡한 후원 형태들을 보여주고 있다. 즉 동일한 후원자가 동일한 장소에서 여러 장르에 걸쳐 후원을 하는 형태를 띠게 된다는 점이다. 예컨대 원림소유자가 원림경영뿐 아니라 장서, 서화 감정 및 수집, 시서화 창작, 가반활동, 문인결사·문인 아집雅集을 두루 지원하는 형태를 띤다. 더 나아가 창작자-유통자-소비자가 혼재된 후원 양상은 매우 독특한 예라고 할 수 있다. 따라서 본 연구는 이러한 중국만의 독특한 후원시스템을 확인하였고, 특히 '문인사단'이 행사한 문화적 권력의 본질을 밝히는 데 노력하였다.

둘째, 후원시스템과 그에 의해 생산된 예술 및 문학작품의 상관관계를 탐색하였다. 후원이란, 후원자와 피후원자간에 형식상 주종관계에 있지만 실제적으로는 상호 호혜적 관계, 때로는 긴장과 갈등이 발생하는 경우도 있다. 이러한 협력 또는 갈등이 존재하는 것은, 후원관계가 예술가 또는 문학가의 생계를 보장하는 경제적 관계임과 동시에 피후원자의 사회적 관계 및 정신세계에 일정한 영향을 미치는 심리적 관계이기도 하기 때문이다. 본 연구는 후원시스템이 예술가 및 문학가의 사회적 관계와 심리상태에 미친 영향이 무엇이며, 후원자의 이익과 취향이 어떻게 반영되었는지를 고찰하였다.

셋째, 명말 상공인의 출현과 시장경제가 가져온 후원시스템의 변화, 그리고 그로 인한 예술과 문학의 생산 환경 변화 양상을 살폈다. 유럽에서 르네상스 이후 17세기에 이르기까지 진행되었던 것과 유사하게 강남지역에서도 예술과 문학 방면에서 상업화가 촉진되고 문예 출판이 활발해졌는데, 그 결과 문예의 소비자들이 새로운 형태의 '후원자'로 등장하게 되었다. 이들이 바로 소비자 후원자consumer-patron임을 확인하였다.

본 연구단에 참여한 연구원 11명은 모두 21편의 논문을 집필하였고, 이 연구를 기초로 하여 <명청대 강남후원문화시리즈>로, 1. 총괄: 강남의 예술가와 그 패트론들, 2. 문인결사 분과: 양자강의 르네상스, 3. 연극분과: 강남지역 공연문화의 꽃-곤극崑劇, 4. 출판분과: 명ㆍ청대 출판문화, 5. 회화분과: 명ㆍ청대 회화예술, 6. 원림: 명ㆍ청대 원림문화와 후원을 기획하였다.

본 연구를 통해 중국 강남지역의 문화예술이 수많은 사대부와 상인들의 후원에 의해 찬란히 꽃을 피웠으며, 오늘날 중국 강남 지역은 예술 발전에 기초하여 경제 문화가 지속적으로 발전했다는 결과가 다양하고 지속적인 후속 연구를 파생시키길 바란다. 아울러 본 연구에 참여했던 연구원들의 다년간의 노고에 감사를 표한다.

　　≪명청대 출판문화≫는 한국학술진흥재단의 <중국 강남江南지역 명청대明淸代 문화후원시스템Patronage System연구>라는 연구과제명으로 2005년 기초학문 인문사회 분야 지원과제로 선정된 과제 중 출판문화와 후원 시스템에 관련된 내용의 저술이다. 2년여간 출판분과의 연구성과를 토대로 그간 발표한 논문을 수정 보완하여 이 한 권의 책으로 출판하기에 이르렀다.

　　문화와 그 후원관계에 있어 '출판사업'이란 그 자체가 특정 시기 특정 지역의 문화적 현상인 동시에, 출판된 문헌을 통해 문화 현상들을 기록하고 전파하여 사회 제반 영역과 상호 교류하면서 문화 현상에 직간접으로 영향을 끼치는 것이어서 그 출판사업 자체가 문화의 후원시스템을 담당하는 다중적 성격을 지니고 있다. 따라서 문예출판과 후원시스템의 관계는 '출판물' 자체의 특징과 그 출판물을 만들어 내는 출판 과정의 특징이라는 두 방면에서 입체적으로 접근해야 할 필요가 있다. 따라서 본 연구팀에서는 '문예출판' 사업에 대한 연구에서 특히 다음과 같은 세 가지 영역에 주의하여 고찰하였다.

　　먼저 명청대 강남지역 출판문화의 지역별 특성 및 후원양상에 대해 고찰해 보았다. 강남 지역에서 문예출판 활동이 흥성하였지만, 강남이라 해도 중심점은 결국 몇몇 대도시들이므로 각각의 지역적 특색과 아울러 시기별 특징에 대하여 고찰할 필요가 있다고 보아 남경, 소주, 항주, 휘주 그리고 양주 등을 대상으로 출판 특성과 후원 양상에 대해 살펴보았다.

다음으로 명청대 강남지역의 출판에 참여한 출판 주체를 고찰해 보았다. 서적의 유통경로는 전파하는 사람과 전파의 장소를 포함한다. 명청대 도서 전파에 있어서는 서방과 서상의 관계가 매우 밀접하다. 민간의 서방書坊은 이미 송대에 발전하기 시작하였다. 명대에는 풍몽룡이나 능몽초와 같이 그 자신이 유명 문인이면서 직접 출판업을 한 예들이 있는가 하면, 많은 재력을 바탕으로 출판업을 운영하는 새로운 흐름이 나타났다. 이들은 민간의 출판 사업에서 중요 역할을 담당하게 되었는데, 가장 전형적인 예의 하나로 휘주 상인층을 들 수 있다. 여기에 명청 시기 강남지역의 장서 열풍을 가져온 많은 장서가 또한 출판 문화사에 있어 빼놓을 수 없는 이들이다.

전반적인 출판 후원의 양상에 대한 이해를 바탕으로 명청대 강남지역의 문예출판물 가운데 시대의 변화를 가장 잘 반영한 소설과 희곡의 출판 양상과 특징을 살펴보았다. 소설이 활발하게 유통되었던 강남 지역의 백화통속소설과 문언소설의 편찬과정과 비평과정을 통해 강남의 소설출판업과 강남 문인의 교유 형태의 특징을 고찰한다. 명청소설의 흥성 원인이 소설 텍스트 내적인 특징 즉 통속성과 소설관의 변화뿐만 아니라 외적 환경의 요인이 함께 작용하였음을 인식하고, 소설 출판인과 독자들의 적극적인 활동이 곧 소설을 흥성하게 한 동력이었음을 알 수 있었다.

마지막에 부록으로 출판문화와 관련해서 가장 큰 정신적·물질적 후원자로 손색이 없는 장서가들에 대한 연구 논문을 덧붙여 소개하였는데,

그들의 문화적 공헌과 의의를 이해하는 데 좀 더 자세한 참고가 되기를 바란다.

끝으로 이번 연구의 진행에 격려와 조언을 아끼지 않았던 본연구팀의 연구책임자 권석환 선생님과 각 분과의 연구원 여러분께, 아울러 국내의 어려운 환경에서도 전문 학술서의 출판을 흔쾌히 승낙해주신 한국학술정보(주)에 이 자리를 빌어 감사를 드린다.

저자 일동

≺ 차 례 ≻

제 ❶ 장

중국 출판문화의 역사

인류 문명에 있어 문자의 탄생은 정신문화의 소통과 전파에 획기적인 전기를 마련하였다. 문자의 사용으로 인해 크고 작은 사건을 비롯하여 자신의 사상과 감정을 기록할 수 있게 되었고 귀중한 정신문화 유산을 후대에까지 전달할 수 있게 된 것이다. 이러한 문자가 특정 재료에 기록된 것이 바로 책인데, 중국 책의 역사는 유구하고도 그 수가 무척 많아 세계에서 그 유례를 찾아보기 어렵다. 책이란 '문자와 그림을 특정 재료 위에 기록함으로써, 사상과 감정을 표현하고 지식을 전파하며 사건을 기록하는 매체'라고 할 때, 고대 중국에는 종이로 만든 책만 있었던 것이 아니라 갑골, 청동, 돌, 대나무, 비단 등으로 만들어진 여러 형태의 책들이 존재하였다. 고대부터 지금까지 책의 형식과 내용이 끊임없이 변화해 왔지만 우리는 주로 책의 내용에만 주목할 뿐 그 책의 형식적 측면 곧 책의 재료와 그것을 만들어 내는 사회적·물질적 기반에 대해서는 그다지 관심을 기울이지 않았다. 예를 들면, 공자孔子의 어록을 기록한 ≪논어≫를 읽으면서 최초에 그것이 종이로 된 책에 기록된 것이 아니라 죽간에 기록된 것이었고, 제작과 휴대가 어려웠기 때문에 더욱 귀한 것이었다는 사실까지 떠올리지는 않는다. 그러나 거북이 배딱지나 청동 기물, 대나무 조각 등에 문자를 새겨 넣는 일이 수월하지 않고, 아무나 그것을 소유할 수 없었다는 그 자체로 그 시대의 텍스트는 이미 고귀한 위치에 올라 있는 것이다. 즉 책이라는 매체는 텍스트의 생산과 유통을 둘러싼 거대한 컨텍스트의 구성 요소 중 하나가 되어 텍스트를 제어할 수도 있는 것이다.

　중국에서 발견된 죽간의 내용이 주로 군사, 철학, 의학, 수학, 천문학, 법률, 역법 등의 고급지식을 담고 있는 반면, 수메르의 우루크 대신전 단지에서 출토된 최초의 점토판에는 곡식의 포대 수와 가축의 수가 적혀 있는 것을 볼 때, 매체 사용의 수월함이 거기에 기록되는 내용의 차이까지 가져올 수 있음을 알 수 있다. 즉 매체 선택과 운용의 차이가 그것에 쓰여진 텍스트의 내용까지 규정할 수 있는 것이다.[1] 그러므로 책을 둘러싼 물질적 기반, 사회·문화사적 배경을 이해하는 것은 한 시기의 문화 발전을 이해하는 데 큰 도움이 될 것이다.

종이가 발명된 이후에도 책은 여전히 문자를 아는 일부 지식인 계층의 전유물이었다. 내용을 손으로 직접 필사하는 필사본의 단계를 지나 인쇄 술의 발명으로 인쇄된 책이 등장한 이후에도 출판 기술의 한계로 인해 오랫동안 서적의 양은 그다지 늘지 않았다. 서적이 본격적으로 인쇄 출 판되기 시작한 송대 이래로 서적 출판은 점점 발전을 이루긴 했지만 명 초에 이르러서도 간본刊本의 값이 비싸 쉽게 구해볼 수가 없었다. 원말명 초의 대학자 송렴宋濂(1310~1381)의 말에서도 이를 알 수 있다.

> 나는 어려서부터 배우는 것을 좋아하였는데, 집이 가난하여 책을 사서 읽을 수가 없었 다. 매번 책을 소장하고 있는 사람에게 빌려 손으로 베껴 쓰고는 기일에 맞춰 돌려주 었다. 추운 날씨에 먹물이 얼고 손가락이 굳어 움직이지 않을 때도 게으름을 피우지 않고, 전부 베껴 쓰고 나면 돌려주었다. 약속한 날짜를 조금도 어기지 않았기 때문에, 사람들은 대부분 나에게 책을 빌려 주었다. 그래서 나는 많은 책을 두루 읽을 수 있었 다.
> 余幼時卽嗜學, 家貧, 無從致書以觀. 每假借于藏書之家, 手自筆錄, 計日以還. 天大 寒, 硯氷堅, 手指不可屈伸, 弗之怠, 錄畢走送之. 不敢稍逾約, 以是人多以書假余. 因得遍觀群書.[2]

목판인쇄본의 시대라고 할 수 있는 명·청대에 들어와서 중국의 출판 역사에 이전과 비할 수 없는 큰 변화가 일어난다. 그 중에서도 특히 명말 강남 지방에서는 책의 종류와 발행량이 폭발적으로 증가한다. 이 시기 이 지역에서 인쇄본 책들은 커뮤니케이션의 매체로서 안정된 지위를 획득하게 되었고 이러한 인쇄본을 통해 사상과 문학의 유행, 여론의 형성, 정보의 전달 등이 이루진다.[3] 또한 보다 두터워진 독자층으로 인해 이들의 구미에 맞는 내용을 우선적으로 고려한 책들이 출판된다. 이제 출판은 작가의 뜻이 담긴 책을 일방적으로 독자에게 전달하는 것이 아니라 독자의 요구도 적극적으로 수용하는 상호작용이 일어나기 시작한 것이다. 본 연구에서는 이처럼 명청대 변화된 문예출판 상황을 살펴 보고 출판문화의 흥성을 가능하게 한 물질적·정신적 문화 후원의 양상을 탐구해 보고자 한다.

이에 앞서 명청대 이전의 출판 역사를 간단히 정리해 보는 것은 명청대 출판 상황을 이해하는 데 도움이 될 것이다.

1. 인쇄술 발명 이전

1.1 종이 발명 이전

인쇄술이 발명되기 전, 특히 종이가 발명되기 전에는 간편하고 값싼 서사書寫 재료가 서의 없었기에 문화가 전파되는 데 제한이 많았고 독서하고 학습하는 데도 어려움이 많았다. 지금으로부터 4~5천 년 전 신석기 유적지에서 발굴된 도기陶器에 선으로 표시된 몇몇 부호를 중국 원시

문자의 기원으로 보기도 하지만, 현존하는 중국 최초의 문자는 거북의 껍데기와 소 뼈 위에 새겨진 '갑골문甲骨文'으로 보는 것이 일반적이다. 발견된 갑골문의 글자는 5,000개 이상이며 해독이 가능한 글자는 1,700여 자 정도이다. 갑골문의 내용은 상商나라 사람들의 점복占卜에 관한 내용이 대부분이지만 그 외에 제사, 전쟁, 사냥, 천문, 기상, 의학, 농사, 자연재해에 관한 것들도 있어서 사료로서 가치가 높다. 한자의 역사에서 갑골문은 신석기 시대의 부호문자와 청동기 시대 문자 사이의 공백을 메우며 한자의 역사를 더 이른 시기로 끌어 올렸다.

대략 상대商代 후기부터 청동기에 문자를 새기기 시작했는데, 이러한 문자를 '금문金文' 또는 '명銘'이라고 한다. 명문은 적게는 한 두 글자에서 많게는 몇 백 글자에 이르는데, 상대의 유명한 '사모무司母戊' 대방정大方鼎은 솥의 내벽에 '사모무司母戊'라는 세 글자가 새겨져 있고, 서주 말기의 유명한 모공정毛公鼎은 497자의 명문이 새겨져 있다.

【그림 1】 모공정

【그림 2】 모공정의 명문

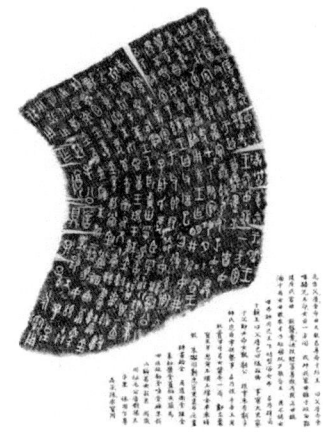

몇 자 되지 않는 명문은 해석하기도 어렵고 어떤 경우는 문자가 거의 그림 같아 분별하기 어렵다. 그러나 장편의 명문에는 청동기를 소유한 가문의 역사나 공적, 책봉 명령, 전쟁 등에 관한 내용이 기록되어 있기에 이것을 '청동서'라고 한다. 이 밖에 기원전 536년, 정鄭나라 자산子産이 정나라의 모든 법률을 정鼎에 새겨 주조한 최초의 형법 관련 문자 ≪형서刑書≫가 있었으나 지금은 전해지지 않고 있다.

대나무 조각에 쓴 책을 죽간竹簡이라고 하고, 나무 조각 위에 글을 쓴 것을 목간木簡 또는 목독木牘이라고 한다. 한 행의 문자를 하나의 대나무 조각이나 나무 조각에 쓴 것을 '간簡'이라 하고 여러 개의 '간'을 연결하여 엮은 것을 '책冊'이라 한다. '책'자는 몇 개의 죽간 또는 목간을 엮어 놓은 모양을 본뜬 것이다. 보통 일책一冊은 한 편의 완전한 글이기에 이것을 '편篇'이라고도 한다. 현재 '책'과 '편'의 개념은 원래의 뜻과는 좀 달라졌지만 여전히 서적과 관련하여 이 용어가 사용되고 있다.

상대에 이미 붓과 먹으로 죽간에 글을 썼다고 추정되지만 오늘날 출토된 가장 오래된 간독은 전국 시기의 것이고 가장 많이 출토된 것은 한대의 것이다.

진晉나라 함녕咸寧 5년(279) 한 도굴꾼에 의해 발견된 위魏 양왕襄王의 무덤에서 대량의 죽간이 출토된다. 이 죽간들은 모두 과두문蝌蚪文으로 쓰여 있었는데, 태강太康 2년(281)부터 약 20년간 순욱荀勖 등 당시의 유명한 학자들은 이를 당시의 문자로 정리하였다. 이 때 정리된 문헌 17종 75편 중 ≪죽서기년竹書紀年≫과 ≪목천자전穆天子傳≫은 그 가치가 매우 크며 지금까지 전해지고 있다. 운몽진간雲夢秦簡이라고도 불리는 수호지진묘죽간睡虎地秦墓竹簡은 1975년 12월 호북성湖北省 운몽현雲夢縣 서쪽

교외에 위치한 수호지睡虎地 11호묘에서 출토된 진대秦代 죽간이다. 내용은 주로 당시의 법률과 공문으로, 전국 말기부터 진시황 시기까지의 정치·경제·문화·법률·군사를 연구할 수 있는 중요한 사료이다. 한편, 감숙성 무위武威에서 출토된 한대 간독은 북서쪽에 위치한 지역적 특성으로 인하여 목간이 죽간보다 더 많다. 1930년 감숙성에서 발견된 한대 간독 10,000여 매 중 영원永元 5년 (93)에 작성된 병기부兵器簿는 78매의 목간을 마 재질의 끈 두 개로 엮어 놓았는데, 이것이 지금 볼 수 있는 중국 최고最古의 서책이다.4)

【그림 3】 수호지진묘죽간

간독을 중요시하고 종이를 경시하는 관념 때문에 종이의 발명 후에도 간독은 여전히 유행하였고, 동진東晉 말년에 안제安帝를 폐위시킨 호족 환현桓玄이 간독 사용을 금지시키고 나서야 역사의 뒤안길로 사라졌다. 간책簡冊은 중국 최초의 서적 형식으로, 간책이 등장한 후 독서할 수 있는 여건이 비로소 좋아졌다고 할 수 있다. 그러나 부피가 크고 무거워서 읽기가 불편하였고 죽간끼리 엮어 놓은 끈이 끊어지기 쉬워서 일단 끊어져서 순서가 뒤섞이게 되면 정리하기가 번거롭고 또 정리하는 과정에서 착오가 일어날 수도 있었다.i) 한대漢代의 동방삭東方朔은 3,000여 편의 죽

---

i) 죽간이나 목간을 실로 연결한 것은 '사편絲編', 가죽 끈으로 연결한 것은 '위편韋編'이라 한다. ≪사기≫ 〈공자세가〉에 공자가 ≪역易≫을 열심히 읽어 죽간을 연결했던 가죽 끈이 세 번이나 끊어졌다는 '위편삼절韋編三絶'에서 '위편'이 바로 이것이다.

간으로 이루어진 편지를 한무제에게 올렸는데 건장한 사내 두 명이 간신히 운반할 정도로 무거웠으며, 한 무제武帝는 이 편지를 두 달에 걸쳐 다 읽었다고 한다. 또한 동한 초 광무제光武帝가 도서를 낙양으로 옮길 때 수레 2,000여 대에 실어 날랐다고 한다. 이러한 일들은 모두 간책이 휴대하기가 얼마나 불편했는지를 보여주는 예이다.

춘추전국시대에 비단에 문자를 쓰거나 그림을 그린 것이 출현하는데, 이를 '백서帛書'라고 한다. 비단을 '백帛', '증繒', '겸縑'이라고 지칭하였으므로 '백서'는 '증서繒書', '겸서縑書'라고도 한다. 전국시대 ≪묵자墨子≫ <명귀편明鬼篇>에 "죽백에 글을 써서 후대 자손에게 전하였다(書之竹帛, 傳遺後世子孫)"라는 기록이 있는 것으로 보아 그 시기에 죽간과 백서가 이미 동시에 사용되었음을 알 수 있다. 한대에 이르러 백서의 수량이 크게 증가하였고, 황실에서 소장하던 서적 중에도 백서가 많았는데 동한 말 한 헌제獻帝가 천도할 때 많은 양이 훼손되었다. 1973년 호남성 장사현 마왕퇴馬王堆 한묘에서 소전小篆 또는 예서隷書로 쓰인 20여 종의 백서가 출토되는 고고학적인 대발견이 이루어졌다. 마왕퇴 백서의 내용은 철학·역사·문학·군사·종교·회화 및 천문·지리·의학 등 광범위하게 걸쳐 있으며, 이미 실전되었던 옛 문헌들이 다수 포함되어 있다는 점에서 그 가치가 매우 크다. 그 중 가장 중요한 것은 두 종류의 백서 ≪노자老子≫인데, 전서체에 가까운 것을 갑본, 예서체에 가까운 것을 을본이라고 한다. 이들은 ≪도덕경≫으로 불리는 현행 ≪노자≫와는 달리 ≪덕경德經≫, ≪도경道經≫의 순서로 되어 있으며 현행본의 문자상 오류를 바로잡을 수 있는 부분이 적지 않다. 또한 ≪역경≫은 현재 판본과 내용이 거의 같지만 괘卦의 배열부터는 현행 주역과 완전히 다르다. 3

호묘에서는 고대 의학저서들이 다량 출토되었는데, 이것은 중국 의학사의 공백을 채워줄 수 있는 귀중한 문헌들이다. 백서 이외에 각종 그림이 그려진 백도帛圖와 백화帛畵도 발견되었다. 그 중에는 <지형도地形圖>·<주진도主軍圖> 등 현존하는 가장 오래된 채색 지도와 건강 체조 교본인 <도인도導引圖>, 풍부한 신화적 내용을 담고 있는 내관內棺 덮개용 T형 백화帛畵 등은 한대인들의 생활과 정신세계를 살펴볼 수 있는 중요한 자료이다.

【그림 4】 마왕퇴 T형백화

【그림 5】 마왕퇴 백서 ≪노자≫ 갑본(좌)과 을본(우)

긴 폭의 백서는 늘 말아서 보관하였으므로 여기에서 '권卷'이라는 명칭이 생겼다. 고대에 '권'과 '편'은 모두 서적의 수량을 세는 단위로 사용되었다. 백서는 가볍고 쉽게 접거나 말 수 있어서 읽거나 휴대하기 편리하였지만 가격이 매우 비싸 일반인들은 사용할 수 없었고 주로 소수의 상류층 귀족들만 사용하였으므로 여전히 문화를 보급할 수 있는 가장 좋은 도구는 아니었다.

1.2 종이 발명 이후

서한 시기 죽백 이외의 서사書寫 재료로 일종의 실 찌꺼기로 만들어진 '서지絮紙'라는 종잇조각이 사용되었다. '지紙'자의 왼쪽 부분이 '糸'로 되어 있는데 이것은 원시적 형태의 종이가 바로 '잠사蠶絲(누에고치 실)'의 섬유질로 만들어졌기 때문이다. 이러한 서지는 아마도 솜 빠는 부녀자들에 의해서 처음 발명된 것으로 보이는데, 솜을 씻은 후 실처럼 찢어 응집시켜 만든 작은 조각이었다. 그러나 이것은 원료 자체의 한계로 인해 많은 양의 생산이 불가능하였고 따라서 보편화될 수는 없었지만 보다 실용적인 종이를 만드는 방법을 제공한 것으로 보인다.

이러한 경험을 토대로 식물 섬유를 이용한 최초의 종이가 제작되는데, 그것은 바로 마麻로 만든 종이이다. 1957년 서안西安 파교灞橋의 고대 분묘에서 발견된 총 88개의 종이 더미(기원전 118년 무렵의 것으로 추정)와 1993년 신강성新疆省 로브노르[羅布淖爾]에 있는 한대 봉수 유적지에서 출토된 종이(기원전 49년의 것으로 추정)는 모두 마로 만들어진 것이다.

그러나 이러한 마 섬유 재질의 종이는 매우 거칠어서 아직 죽백을 대체할 만하지 못했다.

그 후 동한 시기에 이르러 이러한 제지술을 크게 개량한 사람이 등장했으니 바로 채륜蔡倫이다. 범엽范曄(190～245)은 ≪후한서後漢書≫ <채륜전蔡倫傳>에 이러한 상황을 상세히 소개하였다.

> 예로부터 글을 쓴 것은 대부분 죽간으로 엮었고 비단을 이용한 것은 지紙라고 하였다. 비단은 귀하고 죽간은 무거워서 사람들이 사용하기 불편했다. 그리하여 채륜은 건의를 하여 나무껍질, 마 조각, 찢어진 천, 그물을 이용해 종이를 만들었다. 원흥 원년(105) 황제께 이를 상주하니 황제께서는 그 기능을 좋다고 여기셨고 이로부터 종이를 쓰지 않는 이가 없었다.
> 自古書契, 多編以竹簡. 其用縑帛者, 謂之爲紙. 縑貴而簡重, 并不便於人. 倫乃造意, 用樹膚・麻頭及敝布・漁網以爲紙. 元興元年奏上之, 帝善其能, 自是莫不從用焉.

이와 같이 채륜은 제지의 원료를 확대해서 완전한 제지법을 고안함으로써 종이의 질을 제고시키고 생산량을 증대시킬 수 있었다. 이로부터 제지술은 각지로 전해지고 종이의 개량도 이루어졌다. 위진대에 이르러 종이는 비싸고 불편한 비단과 죽간을 점점 대체하게 되어 종이로 된 지사본紙寫本 서적이 유행하게 되었다. 나아가 동진 시기 갈홍葛洪은 황벽나무에서 우려낸 물로 종이를 염색하여 방부의 효과를 얻는 기술을 고안하였는데, 이러한 처리 작업을 마친 책들은 천 년이 지난 후에도 좀먹은 흔적 없이 완벽하게 남아 있을 수 있었다.

【그림 6】 ≪천공개물天工開物≫에 수록된 종이 만드는 과정

　　수·당 시기 도서는 대부분 지사본으로 이 시기에 책은 이제 더 이상 소수 귀족만의 것이 아니었다. 과거제도가 시행됨에 따라 도서의 수요가 증가하였으며 필사를 직업으로 삼는 사람들도 출현했다. 이들이 필사한 도서들은 대부분 경서, 역사서, 시집 또는 계몽서 등이었다. 또한 불교의 성행으로 인해 불교 사원과 승려의 수가 점점 늘어났고 불경을 필사하는 일이 성행했다. 돈황 장경동에서 출토된 대량의 수당시기 필사본 불경들

은 이러한 사실을 더욱 입증해준다. 그러나 필사본 서적도 문화의 보급 차원에서는 여전히 한계가 있었다. 권수가 많은 장편의 거질巨帙을 필사할 경우 몇 년에서 심지어 10여 년이 걸렸다. 많은 시간과 인력이 필요할 뿐만 아니라 베껴 쓰는 과정 중에 잘못과 누락이 발생하기도 하였다. 이렇게 되면 원문의 의미가 변해서 잘못 전해지거나 문맥이 통하지 않게 되어 혼란을 가져올 수도 있었다. 또한 필사본으로만 전해지는 귀중한 저작이 천재지변 등으로 소실될 경우 다시 복원할 방법이 없어서 더 이상 볼 수 없는 경우도 생긴다. 그래서 필사본 서적은 사회 경제와 문화가 발전함에 따라 사람들의 요구를 만족시키기 점점 어려워졌으며, 사람들은 서적을 복제할 새로운 기술을 찾게 되었다. 그 결과 조셉 니담(Joseph Needham: 1900~1995)이 전 인류문명사에서 가장 중요한 발명 중 하나라고 언급한 인쇄술이 등장하게 된다.[5]

2. 조판인쇄술의 발전

2.1 조판인쇄의 선구

인쇄술의 발명은 중국의 석비石碑와 인장印章 문화와 밀접한 관련이 있다. 흔하게 구할 수 있고 장기간 보존할 수 있는 돌에 새긴 글자를 석각문자라고 하는데 석각문자의 형식으로는 비碑, 갈碣, 마애磨崖 등이 있다. '비'는 일정한 크기로 석재를 가공하여 그 위에 문자를 조각하는 것이고, '갈'은 천연 그대로의 돌 위에 글자를 새긴 것이다. '마애'는 절벽에 새긴 문자로 유명한 산 절벽 등에 이러한 석각문자가 많이 남아 있다.

현존하는 가장 오래된 석각문자는 진대秦代의 ≪석고문石鼓文≫이다. 이것은 열 개의 북 모양 돌에 각각 사언시四言詩 한 수씩을 새긴 것으로 진나라 군주의 수렵 장면을 칭송하였기에 '엽갈獵碣'이라고도 한다. 이 석고가 만들어진 연대에 대해서는 여러 설이 있지만 일반적으로 진秦 문공文公(기원전 765~기원전 716) 때 만들어진 것으로 여겨진다. 최초의 석비는 원래 통치계급이 자신의 공을 과시하기 위해 세운 것이다. 진시황이 천하를 통일한 후 각지를 주유하며 명승 일곱 곳에 석비를 세우고 자신의 공덕을 칭송하게 하였는데, 글자체는 소전小篆이며 승상 이사李斯가 쓴 것으로 현재는 불완전한 탁본만 남아 있다.

한대에는 석각이 더욱 성행한다. 한 무제 이래로 황제들은 봉건통치를 옹호하는 도구로써 이러한 석비를 이용하였다. 동한 말년에 이르면 석비는 중요한 전적의 표준본이 된다. 동한 희평熹平 4년(175), 영제靈帝는 유명한 서예가 채옹蔡邕의 건의를 받아들여 ≪노시魯詩≫, ≪상서尙書≫, ≪주역周易≫, ≪춘추春秋≫, ≪공양전公羊傳≫, ≪의례儀禮≫, ≪논어論語≫의 일곱 경전을 교정한 뒤, 채옹의 글씨로 총 20여만 자를 46개 비석에 각인하게 하였다. 이것을 태학의 문 밖에 세워 표준본으로 삼고 후학들이 바른 것을 취하도록 하였다. 이것이 바로 유명한 ≪희평석경熹平石經≫ 일명 ≪한석경漢石經≫이다. 이것은 중국 역사상 최초로 관방에서 공식 출판한 '유가경전'이다. 이 비석이 세워지자 매일 수많은 사람들이 몰려들어 석비에 새겨진 경문을 필사하거나 혹은 가지고 있던 필사본을 세세히 교정하였다. 한편 필사의 번거로움을 줄이고 필사하는 과정 중 범할 수 있는 실수나 오류를 피하기 위해 비석을 탁인拓印하는 방법이 사용되었다.

【그림 7】 희평석경

최초의 탁인 방법은 석비 위에 먹물을 칠하고 종이를 덮어 글자를 찍어내는 것이었다. 그렇게 하면 검은 바탕에 흰 글자가 찍히지만 글자가 반대로 되어 읽을 때 불편하였기에 후에 방법을 바꾸었다. 먼저 물을 먹인 종이를 비석에 붙이고 부드러운 솔로 몇 번 문지른 후 솜 방망이로 지면을 두드려 비문의 함입된 필획이 분명해지게 한다. 그 후 먹을 묻혀 종이 위에 고르게 바르면 검은 색 바탕에 흰 글씨가 나타나는데 이것을 '탁본'이라고 한다. 오늘날 글자 연습용 '비첩碑帖'이 대부분 이런 탁인술로 만들어졌다. 탁인이 언제부터 시작되었는지 알 길이 없지만 ≪수서隋書≫ <경적지經籍志>의 기록에 수대 황실 장서 분류의 하나로 탁인본이 있고 어떤 것은 이전 조대로부터 전해진 것이라고 한 점으로 보아 수대 이전에 이미 탁인 기술이 있었음을 알 수 있다. 돈황 석굴 유서 중에서 나온 당 태종 이세민의 서법 작품 ≪온천명溫泉銘≫의 탁본 말미에 '영휘永徽 4년(653) 8월 위곡부圍谷府 과의아果毅兒'라고 적혀 있는데, 이것이 현존하는 탁본 중 연대를 고증할 수 있는 가장 오래된 것이다.

탁본하는 것은 필사하는 것보다 훨씬 편리했지만 석비에 책 전체를 새기는 것은 역시 어려운 일이었기에 널리 보급되지는 못했다. 다만 탁인 기술은 인쇄술을 발명하는 데 견인 역할을 하였다고 할 수 있다.

인장印章 또한 중국 특유의 조각예술인데 인장의 날인법은 초기 문자 복제기술이라 할 수 있으며, 그 원리는 인쇄와 매우 비슷하므로 인쇄술의 발명에 직접적인 영향을 주었다. 약 4~5천 년 전 신석기 시대 사람들은 도기 위에 압인壓印하는 방법을 이미 알고 있었다. 그들은 기하학적인 무늬, 물결 무늬 등 여러 가지 문양을 도기로 만들어 기물 위에 찍었는데, 이것이 가장 원시 형태의 인쇄라고 할 수 있다. 전국시기에 이르러 출현한 인장은 처음에는 동으로 만들었지만 금이나 은으로 만든 것도 있으며 진시황의 인장 '전국지보全國之寶'는 백옥으로 조각한 것이었다. 간독을 사용하던 시기에 인장의 사용법은 현재와 달랐다. 간독으로 된 중요한 공문서나 개인의 서신을 다른 사람이 보지 못하도록 묶은 끈의 매듭 부분에 점토를 발라 봉했는데 이를 '봉니封泥'라 하고, 이 때 봉니 위에 찍은 인장을 '봉封'이라고 하였다.[6] 그 후로 한대에는 인장의 사용이 점점 보편화되어 감상 가치가 있는 예술의 일종으로 여겨지게 되었고, 나아가 인장에 색을 칠해 종이나 비단 위에 날인하는 방법이 사용되었다. 글자를 반대로 새겨 종이에 찍었을 때 바르게 나오도록 하는 '반각反刻' 방식과, 글자는 남겨두고 주위를 파내 찍었을 때 흰 바탕에 검은 글자가 나오도록 하는 양문인장陽文印章 방식은 조판인쇄법과 거의 동일하였다. 4세기 갈홍葛洪이 지은 ≪포박자抱朴子≫ <내편內篇> 권17에 "옛날 산에 들어간 자들은 모두 '황신월장' 인장을 찼는데, 네 치 가량 크기에 120자가 새겨져 있다(古之入山者, 皆佩黃神越章之印. 其廣四寸, 其字一百二十)"라는 기록이 있다. 비록 이 인장은 산에서 수도하는 도사들이 맹수들을 쫓아내고 자신을 보호하는 부적으로서 사용된 것이지만, 색을 입혀 종이에 찍어낸다면 한꺼번에 100여 자를 찍어내는 작은 인쇄목판과 다를 것이 없는 것이다. 이처럼 석비와 인장 등의 기술이 점차 발전하고 경험이 축적되어 마침내 조판인쇄술이 발명된다.

2.2 명대 이전의 조판 인쇄

① 인쇄술의 기원에 관한 다양한 견해

현재까지 중국에서 인쇄술이 발명된 연대에 관해서는 여러 가지 설이 있다. 동한 기원설, 육조 기원설, 수대 기원설, 당대 기원설, 심지어 오대와 송대 기원설 등이 있는데, 날짜가 명확하게 기재된 당대唐代 함통본咸通本 ≪금강경金剛經≫이 출토된 이후 오대와 송대 기원설은 유명무실해졌다. 가장 오래된 동한 기원설은 ≪후한서≫ <장검전張儉傳>과 <공융전孔融傳> 등에서 건녕建寧 2년(169) 장검이 당고黨錮의 화로 인해 수배된 사건에서 나오는 '간장포검刊章捕儉'이라는 네 글자를 근거로 원대 왕유학王幼學, 청대 정기鄭機 등이 제기한 것이다. 이들은 '간장'이 인쇄된 문장 즉 방문榜文을 말한다고 하였으나 이를 반박하는 이들은 이 때 '간'

은 간각한다는 의미가 아니라 '형형'의 오기라고 하였다. 또한, 장검의 이 사건은 채륜이 제지술을 발명한 때로부터 그리 오래되지 않았기 때문에 방문을 귀한 종이에 인쇄하는 일은 없었을 것이라고 주장한다. 육조설은 청초 진방생陳芳生이 《선우집先憂集》 <제기벽곡단濟飢辟穀丹>에 진晉 혜제惠帝 영녕永寧 2년(302)에 황문시랑黃門侍郎 유경선劉景先이 곡식을 먹지 않고도 굶주림을 면할 수 있는 선방仙方을 구해 이것을 '판에 새겨[鏤版]'하여 천하에 널리 전하고자 한다는 내용을 기록한 데에서 근거한 것이다. 이때 '누판'이 바로 조판인쇄라는 것이다. 그러나 여기에도 반론을 제기할 여지가 많다. 즉, 영녕이라는 연호가 진 혜제 때의 연호가 아니라 후조後趙의 연호이며 이때는 동진東晉 목제穆帝 영화永和 7년에 해당한다는 점과, 후조의 경성이 염민冉閔의 군대에 백여 일 동안 포위되어 백성들이 먹을 것이 없게 되자 유경선이 이러한 상주를 한 것인데, 이러한 상태에서 인쇄를 하기는 어려웠을 것이라는 점 등이다.

처음으로 수대설을 제기한 사람은 명대의 육심陸深이다. 육심은 《하분연한록河汾燕閑錄》에서 다음과 같이 말하였다.

> 수 문제는 개황 13년(593) 12월 8일에 칙명을 내려 불상을 폐하고 경전을 남기도록 하고, 이를 모두 '조찬雕撰'하라고 명했다. 이것이 책을 처음으로 인쇄한 것이며 또한 풍영왕(882~954: 馮道)보다 앞선 것이다.
> 隨文帝開皇十三年十二月八日, 敕廢像遺經, 悉令雕撰. 此印書之始, 又在馮瀛王先矣.

육심은 '조찬'이 바로 조판 인쇄를 말한다고 해석하였다. 이후 호응린胡應麟도 이 설을 따라 조판이 수나라 때 시작되어 당나라 때 행해졌으며, 오대 시기에 널리 유포되었고, 송대에 이르러 매우 정밀해지고 섬세해졌다고 여겼고,[7] 방이지方以智, 원매袁枚, 육봉조陸鳳藻 등 후대 대부분의 사람들이 이 의견을 따랐다. 그러나 청초 왕사정王士禎은 '조각하는 것[雕]'은 불상이고, '편찬하는 것[撰]'은 경전으로 육심이 잘못 해석한 것이라고 반박하였다.

당대 기원설은 당나라 정관貞觀 10년 장손황후가 세상을 떠나자 태종 이세민이 그녀가 지은 ≪여칙女則≫을 조판 발행하도록 하였다는 기록을 근거로 삼는다.[8] 그러나 이세민이 이전에는 없었던 조판 인쇄를 갑자기 사용하도록 한 것은 아닐 테니 그보다 앞선 시기에 이미 조판 인쇄가 시작되었을 것이라고 예상할 수 있겠다. 또한 당나라 풍지馮贄가 쓴 ≪운선산록雲仙散錄≫에 "현장玄奘이 회봉지回鋒紙에 인쇄한 보현상普賢像을 여러 중생들에게 보시하였다"라는 기록이 있는데 현장과 관련된 이러한 자료는 당대에 이미 조판 인쇄술이 존재했음을 증명해주지만 정확한 연대는 여전히 알 수가 없다.

조각 인쇄기술로 찍어낸 책을 조판 인쇄본 또는 각인본刻印本이라고 한다. 목판 위에 글자를 써 놓은 종이를 뒤집어서 붙이고 판을 새기는 장인이 글자대로 잘 파내면 인쇄판이 완성된다. '출판'이라는 어휘는 19세기 후반에야 사용하게 된 것인데 그 원류를 찾아 거슬러 올라가면 '판'은 바로 이 목판을 가리키는 것이다. 완성된 목판으로 서적을 생산하는 이 인쇄 방법이 사용된 기간도 가장 길고 찍어낸 책의 양 또한 가장 많으며 인쇄물의 종류도 가장 다양하다.

② 당대唐代

당대唐代의 조판 인쇄술은 초기 단계로, 당시 서적 생산 방식은 여전히 필사본이 대세였다. 그러나 근 백 년 동안 당대의 각인본들이 출토됨으로 인해 당대 중·후기 인쇄술이 이미 상당한 경지에 도달했음을 알 수 있다. 1900년에 돈황 장경동에서 대량의 필사본 외에도 당대와 오대 시기의 인쇄물들이 발견되었는데 대표적인 것이 ≪금강반야바라밀경金剛般若波羅密經≫이다. 앞부분에는 그림과 서명이 있고 뒷부분에 "함통咸通 9년(868) 4월 15일 왕개王玠가 양친을 위해 삼가 보시합니다"라고 판각 연대와 시주한 이의 이름이 들어 있다. 이 책의 그림도 매우 정교하고 글자 조각도 숙련된 솜씨를 보이고 있으며 종이 질도 뛰어나고 먹물도 상당히 잘 인쇄되어 당시 이미 뛰어난 조판 인쇄술이 존재하였음을 알려준다.

【그림 8】 돈황에서 발견된 ≪금강반야바라밀경≫

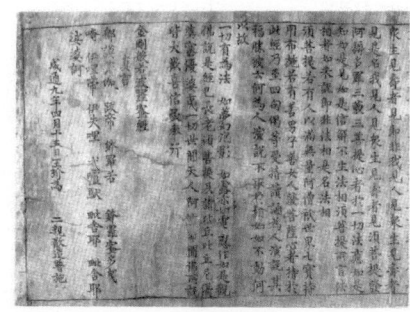

③ 오대십국五代十國

오대십국 시기에는 매우 혼란스러운 시기였지만 서적 인쇄업만큼은 지속적으로 발전하여 책을 인쇄하는 일이 전국 각지로 널리 보급되었다. 개봉開封·성도成都·항주杭州·강녕江寧·청주青州·복건福建 등 여러 지역에서 출판이 이루어졌고 정부 차원에서도 책을 인쇄하기 시작했는데 국자감을 설치하여 유명한 '감본구경監本九經'이 이 시기에 완성되었다. ≪오대사五代史≫의 기록에 의하면 후당後唐의 재상이었던 풍도馮道는 그 당시 사천과 강소 일대에서 이미 많은 인쇄서들이 유통되고 있었지만 아직까지 유교 경전이 없으니 만약 경전 교감 작업을 한 후 조판하여 유포한다면 경전 교육에 도움이 될 것이라고 상소하여 이 '구경九經'이 각인되었다고 한다. 정치적으로 풍도는 절개가 없는 사람이라고 폄하되어 왔지만 서적 인쇄사에 있어서 그의 공적은 결코 무시할 수 없다.

오월국吳越國의 왕이었던 전씨錢氏 가문은 대대로 불교를 신봉하여 불교 사원과 불탑을 많이 세웠다. 서호西湖의 뇌봉탑雷峰塔·전당강錢塘江 유역의 육화탑六和塔이 모두 이때 만들어진 것이며 전씨에 의해 불경도 대량으로 각인되었다. 호주湖州 천녕사天寧寺에서 발견된 ≪일체여래심비밀전신사리보협다라니경一切如來心秘密全身舍利寶篋陀羅尼經≫ 앞부분에 "천하도원수 오월국왕 전홍숙錢弘俶이 ≪보협인경寶篋引經≫ 84,000권을 인쇄하여 보탑 안에 봉양한다. 현덕顯德 3년 병진년(956)에 기록하다"라는 글이 새겨져 있다. 경문은 모두 338행, 각 행은 89자로 되어 있다. 1924년 항주 서호의 뇌봉탑에서도 ≪보협인경≫이 발견되었는데 여기에도 오월국왕 전숙錢俶이 봉양한다는 글이 새겨져 있다. 돈황 장경동에서 출토된 책 중 주목할 만 한 것은 그 지역에 주둔하고 있던 군대의 수령 조원충曹元忠이 사람들을 모아 각인한 ≪금강경≫이다. 이 책 뒷부분에는 뇌연미雷延美라는 각공의 이름이 등장하는데, 이것이 중국 역사상 최초로 기록된 각공 이름이다.

사적으로 책을 인쇄한 최초의 인물은 오대 시기 촉蜀나라 재상 무소예毋昭裔이다. 송대 왕명청王明淸의 ≪휘진록揮塵錄≫의 기록에 의하면 무소예는 어렸을 때 집이 가난하여 다른 사람에게 ≪문선文選≫, ≪초학기≫ 등의 책을 빌리려다 거절을 당하자 훗날 뜻을 이루면 책을 인쇄하여 천하 독서인들이 편리하게 하겠다고 결심하였고 이후 재상이 되자 ≪문선≫, ≪초학기≫, ≪백씨육첩≫ 등을 각인하고 '구경'과 ≪촉석경蜀石經≫도 각인하였다고 한다. 무소예는 촉국의 문화교육 발전에 확실히 적지 않은 공헌을 하였다. 비록 이 시기 출판물들이 지금까지 전해오는 것은 거의 없지만 촉과 오월의 인쇄 기술과 설비는 이후 북송 시기 성도成都·항주杭州 지역 인쇄업 발달의 기반이 되었다.

④ 송대宋代

송대는 인쇄술이 최고의 경지에 달한 시기로 조판기술이 가장 섬세하고 뛰어났다. 송대에는 관각본官刻本뿐만 아니라 정부의 적극적인 지원하에 민간에서도 책 인쇄 작업이 매우 활발하게 진행되어 방각본坊刻本, 가각본家刻本 및 사원본寺院本들이 나오게 되었다. 송대 각인본은 각인이 매우 정밀하고 교감도 정확하여 역대 장서가들이 애호하였으나 현재까지 남아 있는 것은 매우 적어서 그 가치가 더욱 높다.

송대 정부는 건국초부터 문치文治를 국가 이념으로 하여 교육을 중시하였다. 따라서 중앙의 국자감國子監을 비롯하여 지방의 군학郡學·부학府學·현학縣學과 사원寺院·가숙家塾·사관舍館 등에 이르기까지 무수한 학교가 세워졌다. 송 태조가 유자儒者를 중시하여 "재상이 되는 자는 반드시 독서인이어야 한다(作相須讀書人)"고 선포한 이래9) 나라에서는 유학에 정통한 인재를 많이 양성하기 위해 국자감 학생을 더 모집하고 학사學舍 건립 등을 적극 추진하였다. 1093년 북송의 태학생 수가 3,100여 명이었는데, 1203년 남송 때 태학에 시험을 치르려는 수험생의 수가 37,000여 명에 달했다고 하니, 송대의 교육이 급속히 발달했음을 알 수 있다.10) 교육이 발달함에 따라 필요한 서적이 크게 증가하였고 이것은 인쇄업의 발전을 촉진시켰다.

관각의 경우, 중앙 정부의 국자감을 비롯 소문관昭文館, 집현원集賢院, 사관史館, 비각秘閣, 숭문원崇文院, 비서성秘書省 등에서 서적을 많이 간행하였는데, 가장 출판활동이 활발한 곳은 국자감이었다. 북송, 남송의 감본監本 서적 110여 종 중 가장 유명한 것은 '십삼경十三經'과 '십칠사十七史'이다. 이 외에 사마광司馬光이 주편한 편년체 사서 ≪자치통감資治通鑑≫, 유서 ≪태평어람太平御覽≫·≪책부원귀冊府元龜≫, 의학저서 ≪개보본초開寶本草≫ 등을 간행하였다. 963년 형옥을 관장한 대리시大理寺에서는 중국에서 가장 오래된 형사법전 ≪송형통宋刑統≫을 간행하였고, 천성天聖 연간(1023~1031) 숭문원에서는 농서 ≪제민요술齊民要術≫를 간행하였으며, 1084년 비서성에서는 ≪주비산경周髀算經≫·≪구장산술九章算術≫·≪손자산경孫子算經≫ 등이 포함된≪산경십서算經十書≫를 간행하였다. 이러한 관각 서적들은 각지에 반포되어 관용으로 사용되는 한편, 판매하여 정부의 재정수입을 보충하는 데도 쓰였다.

　송대 각 관청에서도 중앙 정부에서 하는 것처럼 공익을 위해 서적을 간행하였다. 강녕부에서 각인한 ≪건강실록建康實錄≫, 소흥부에서 간각한 ≪모시정의毛詩正義≫ 등이 대표적이다. 그러나 이외에 당시 지방관들은 공금으로 사적인 출판을 하여 자신의 업적을 표현하기도 하고 판매금을 공금으로 삼기도 하였다. 송대 지방관청에서는 모두 공사고公使庫를 설치하였는데, 이는 정부에서 각지로 이동하는 관원들을 접대하기 위해 세운 숙소이다. 공사고에는 충분한 경비가 있었기 때문에 이것으로 인쇄활동에 참여하는 것이 허락되었다. 그래서 어떤 공사고에서는 인서국印書局을 두고 전문적으로 서적을 출판하였는데 이러한 책을 공사고본公使庫本이라고 한다. 그중 양절동로다염사兩浙東路茶鹽司 공사고에서 각인한 ≪자치통감≫(1133)과 복건 천주泉州 공사고에서 판각한 사마광의 ≪사마온공집司馬溫公集≫(1183)이 유명하다.

　송대 관각본 중에는 지방 서원과 각급 학교의 각인본도 중요한 것들이 많다. 1265년 건녕부建寧府 건안서원建安書院에서 주희朱熹의 ≪회암선생주문공문집晦庵先生朱文公文集≫을 간행하였고, 1175년 엄주부학嚴州府學에서는 중국 최초의 기사본말체紀事本末體 역사서 ≪통감기사본말通鑑紀事本末≫을 간행하였다. 천주주학泉州州學에서 간행한 송宋 정대창程大昌이 지은 지리서 ≪우공론禹貢論≫은 송대 각서 중 걸작이라는 평을 받는다. 서원과 학교에는 모두 학전이 있어서 어느 정도 자금력을 지니고 있었고 우수한 인력이 많아 교감에 충실하였으므로 여기서 간행한 서적들 중에는 훌륭한 판본이 많다.

　송대 사대부들이 개인적으로 집안에서 간행한 서적을 가각본이라고 한다. 자신의 저작이나 조상들의 유작 또는 친구나 스승의 저작, 집에 소장하고 있는 선본이나 유명 인사의 저작 등을 주로 인쇄하였다. 가각본 중 유명한 것으로 소희紹熙 연간(1190～1194) 건안 황선부黃善夫가 각인한 ≪사기집해색은정의史記集解索隱正義≫가 있다. 이 책은 현존하는 가장 이른 시기의 삼가합주본三家合注本으로 후세의 많은 중간본重刊本들이 모두 이것을 기본으로 삼았다. 황선부는 이 밖에 ≪한서漢書≫・≪동파선생시東坡先生詩≫를 간행하였는데 인쇄한 글자체는 당대唐代 서예가 유공권劉公權의 글씨처럼 강건하고 판각이 정밀하며 먹의 빛깔도 짙고 훌륭하여 인쇄기술을 새로운 수준으로 끌어올렸다고 평가받는다. 남송 말년 복건 소무邵武의 요형중蓼瑩中이 자신의 서루書樓 '세채당世彩堂'에서 수십 종의 판본을 참고하여 교정한 '구경九經'과 ≪창려선생집昌黎先生集≫은 송대 판본들 중 상품上品으로 여겨진다.

　일반 서적 상인들이 경영하는 서방에서 각인한 책들을 방각본이라고 한다. 송대 주요 도시에는 서방이 매우 흥성하였는데 이는 북송의 수도 변경汴京의 번화한 모습을 묘사한 ≪청명상하도淸明上河圖≫에 서방이 그려져 있는 것을 보아도 알 수 있다. 개봉 상국사相國寺 일대에 밀집되어 있던 서방들은 남송 시기에 항주로 많이 이주하였다. 항주의 서방 중 유명한 곳은 진기陳起 부자父子가 세운 임안臨安의 붕북가棚北街 목친방睦親坊 남쪽에 세운 서적포이다. 진기의 서방에서 파는 책들은 가격이 저렴하고 외상이나 빌리는 것도 가능하였다. 진기는 회재불우한 강호시인들과 교유하기를 좋아하고 시와 사를 좋아하여 당송대 유명 작가들의 시문집도 백여 종 이상 간행하였다. 지금까지 전해지는 것으로는 ≪두심언시집杜審言詩集≫・≪주하시집周賀詩集≫・맹교孟郊의 ≪맹동야문집孟東野文

集≫ 악가岳珂의 ≪당호시고棠湖詩稿≫ 등이 있다. 그의 서방이 있던 붕북가 일대에서 나온 책들을 장서가들은 '붕본棚本' 또는 '서붕본書棚本'이라고 부른다.

복건은 송대에 인쇄업이 가장 흥성했던 지역이다. 무이산武夷山 지역 건양建陽 일대에 서방이 많이 밀집되어 있었으며, 건양의 숭화崇化와 마사麻沙 두 지역은 '서적의 고장[圖書之府]'이라고 불릴 정도로 각서 활동이 활발하였다. 이 지역에는 많을 때는 무려 30개 이상의 서방이 있었다. 가장 유명한 곳은 여씨余氏의 '만권당萬卷堂'과 '근유당勤有堂'이다. 여씨의 서방은 대대로 이어졌는데 이후 청대까지 약 600년 이상 지속되며 문화 전파에 큰 공헌을 하였다. 건양 마사 지역에서 인쇄된 서적들은 보통 '마사본'이라고 한다. 이 지역에서는 책의 단가를 낮추기 위해 글자를 작게 인쇄하고, 인쇄판으로 무른 목재를 사용하기도 하였으며, 종이는 값싼 죽지竹紙를 사용하고, 심지어 내용을 일부만 잘라서 싣는 방식을 취하였다. 이런 방식은 장서가들의 비판을 받았지만 가난한 학생들에게는 인기가 있어 매우 잘 팔렸다.

【그림 9】 余氏 勤有堂刊本 《列女傳》

　　사천四川 지역의 인쇄업은 당대唐代부터 이미 이루어졌으며 성도成都와 미산眉山이 그 중심지였다. 송 태조 개보開寶 4년(971), 정부 차원에서 성도에서 《대장경大藏經》 판각하도록 명하여 태평흥국太平興國 8년(983)에 완성하였는데 13만 장의 판목에 불경 1076부를 판각한 대작업이었다. 《대장경》판목이 완성되자 이것을 개봉으로 옮기고 불경을 전문적으로 인쇄하는 기구 '인경원印經院'을 세워 인쇄 출판하였다. 이후 송 정부는 국고 재정을 절약하기 위해 《대장경》 판목을 각지의 사원에 빌려주어 각자 인쇄하도록 하였다. 이 불경이 개보연간에 각인되었다고 하여 《개보장開寶藏》이라고도 하고, 개봉에서 인쇄되었다고 하여 《개봉장開封藏》 또는 《예장豫藏》이라고도 하며, 성도에서 판각되었다고 《촉장蜀藏》이라고도 한다. 이것은 인쇄 역사상 시기적으로 가장 이른 불교총집이며 각종 불장佛藏의 조판祖版이 되었으므로 그 의의가 매우 크다.

미산에서 출판된 책들은 '미산본'이라고 하며, 당송 명가의 저작이 많다. 예를 들면 이백·이하·맹교·유우석 등의 시집과 소순·소식·소철 부자와 진관 등의 산문집을 간행하였다. 사천 각본은 '촉본'이라고 하였는데 종이가 희고 질이 좋으며 교감이 정밀하여 항주 각본들과 함께 훌륭한 판본으로 여겨진다.

송대 각인본에 처음 나타나는 것으로 '패기牌記'라는 것이 있다. 패기는 일종의 간기刊記로 일정한 격식은 없었지만 장방형의 네모 칸 안에 출판인과 출판 장소·시간·경비 등을 적기도 하고 판본의 출처, 각서의 질에 대해 설명하기도 하였다. 또한 유명 작가들의 저작에 대한 판권 다툼으로 소송이 자주 걸리자 역사상 최초의 판권 소유 표시 '패기'도 등장하였다. 미산 방각본 ≪동도사략東都事略≫ 뒷부분에 보이는 패기는 현대의 저작권 소유 표기와 거의 차이가 없다.

【그림 10】 미산 방각본 패기

"미산의 정사인 집에서 간행하였으며, 이미 관청에 신고를 하였으니 복제를 불허한다(眉山程舍人宅刊行, 已申上司, 不許覆板)."

⑤ 요遼·금金·서하西夏

거란족이 세운 요나라는 적극적으로 한족의 문화를 흡수하여 한문을 기초로 한 거란문자를 창제하였다. 또한 북송에서 서적들을 대량으로 들여왔으며 조판 인쇄기술을 배워 스스로 서적 인쇄술을 발전시켰다. 요나라의 출판 중심은 연경燕京(지금의 북경)으로, 연경의 인경원印經院에서는 송대의 ≪개보장≫을 번각한 한문漢文 대장경 ≪거란장契丹藏≫을 발간하였다. 대자본大字本과 소자본小字本 두 종류가 있었는데, 대자본은 모두 5천여 권이며 권수卷首에 정교하고 아름다운 불상이 그림이 있다. 소자본은 종이가 아주 얇고 글자가 촘촘하며 판각수준이 아주 뛰어나다. 간행된 ≪거란장≫은 각 사원에 소장되고, 고려와 일본 등 주변국으로도 보내졌다. 아쉽게도 소자본은 실전되어 전해지지 않고, 대자본도 잔권만 남아 있다. 1974년 산서山西 응현應縣 불궁사佛宮寺 석가탑에서 요나라 문물이 대거 발견되었다. 그중에 ≪거란장≫12권, 기타 불경 각본 40여 종, 기타 잡각 8종, 불상 판화 6폭, 불경 필사본 등이 포함되어 있는데 고증에 의하면 이것들은 모두 연경에서 각인된 것이라고 한다. 요나라 인쇄물은 대부분 불교와 관계된 것이지만 단 하나 예외는 요판遼版 ≪몽구蒙求≫이다. 이 책은 현존하는 ≪몽구≫ 판본 중 가장 오래된 각본으로, 요나라에 불교 관련 이외의 인쇄물들도 있었다는 것을 증명해준다. 문헌 기록에 의하면 요나라는 한문 각본 ≪오경전소五經傳疏≫·≪사기史記≫·≪한서漢書≫와 자서 ≪용감수경龍龕手鏡≫, 의서 ≪주후방肘後方≫ 등을 간행하였으며 소식蘇軾의 ≪미산집眉山集≫을 번각하였고, 백거이白居易의 ≪풍간집諷諫集≫ 등의 거란어 번역본을 간행했다고 한다. 이것으로 요나라의 각서업이 번성했으며 그들이 한문 서적을 좋아했음을 알 수 있다.

여진족이 세운 금나라 통치자도 한족의 문화를 적극적으로 수용하였으며 이에 따라 각서업도 상당히 발달하였다. 각서업이 가장 흥성했던 곳은 진남晉南 일대이며 그 중에서도 평양부平陽府(지금의 산서성 臨汾)인데, 이때부터 황하 이북의 조판인쇄 중심이 하남 변경汴京[개봉]에서 산서 평양으로 옮겨졌다. 진남에서 간행된 서적 중 가장 유명한 것은 ≪금장金藏≫이다. ≪금장≫은 금 희종熙宗 황통皇統 9년(1149)에 산서 해주解州 천녕사天寧寺에서 각판을 시작하여 세종世宗 대정大定 13년(1173)에 완성하였다. 이 대장경은 민간인 신도들이 자금을 모아 판각한 것으로 원래 7천여 권이었다. 그러나 현재는 1934년 월성越城 광승사廣勝寺에서 발견된 4천여 권 정도만 전해진다. 평양 일대의 서방에서도 많은 서적을 출판하였는데, 유명한 것으로는 왕문욱王文郁이 각인한 ≪경사증류본초經史證類本草≫와 ≪신간운략新刊韻略≫, 왕민중王敏仲이 교감 간행한 ≪상서주소尙書注疏≫, 장존혜張存惠가 각인한 ≪통감절요通鑑節要≫ 등이 있다. 또한 평양 희가姬家에서 판각한 판화 ≪사미도四美圖≫는 중국 역사상 현존하는 최초의 연화年畵이다. 1909년 러시아 탐험대가 감숙성 흑수성에서 발견한 것으로 이를 통해 평양에서 인쇄한 서적과 인쇄물이 서하의 옛 수도였던 흑수성에 수출되었음을 알 수 있다.

1038년 당항족黨項族 이원호李元昊가 자신을 황제로 칭하며 대하국大夏國을 세운 이후 1227년 몽고군에 의해 멸망할 때까지 서하는 190년 동안 영하寧夏 평원을 중심으로 중국 서부지역을 차지하고 있던 나라이다. 서하의 인쇄업 발달 상황에 대한 기록은 보이지 않지만 20세기 초반부터 출토된 문물들로 적지 않은 정보를 얻을 수 있었다. 서하 정권은 제지와 인쇄 사업을 담당하는 '지공원紙工院'과 '각자사刻字司'를 설립하여 유가 전적과 불교 경전을 간행하였다. 서하 각인본은 주로 서하문으로 된 저작이나 한문전적을 서하문으로 번역한 번역본이 많으며, 요나 금의 경우와는 달리 현재 실물로 전해지는 것이 많다. 1190년 출판된 서하문과 한문의 대조 자전字典인 ≪번한합시장중주蕃漢合時掌中珠≫는 서하인과 한인이 서로 상대방의 언어를 배우기 편리하게 할 목적으로 간행된 것이지만 현재는 이미 사문자死文字가 된 서하문을 연구하는 데 큰 역할을 하고 있다. 한편 서하는 요나 금과 같이 불교를 숭상하여 송나라에 여러 차례 말을 보내 불경과 바꾸었고, 이렇게 하여 얻은 대장경을 번역하여 서하문 ≪대장경≫ 3579권을 완성하였다. 또한 왕과 왕후도 복을 기원하며 불경을 대량으로 인쇄하여 배포하였는데 한 번에 인쇄하는 수가 많게는 5만 권에서 10만 권에 이르렀다고 한다. 이와 같은 서하 각서업의 발전과 번영은 중국 인쇄술의 발전과 서쪽 지역으로의 전파에 많은 공헌을 하였다.

⑥ 원대元代

원대의 몽고족 통치자는 한족 지식인들을 효과적으로 통제하기 위해
저작 출판을 엄격하게 제한하였다. 즉 책을 간행하려면 우선 최고 행정
기관인 중서성中書省의 검열을 받은 후 소속 기관으로 보내져야 인쇄를
할 수 있었다.11) 개인의 각서도 학사學使의 검열을 받고 상부의 비준을
거친 후에야 출판을 할 수 있었다. 이러한 서적에 대한 검열 제도는 가

치 있는 저작들의 출판 기회를 많이 빼앗았기 때문에 인쇄업은 위축될 수밖에 없었다. 그러나 원대 각본은 송대의 우수한 전통을 계승하여 질적인 면에서 송대 각본에 절대 뒤지지 않았으며, 오히려 새로운 시도로 독특한 특징을 보이게 되었다.

원대의 관각본은 서원과 학교에서 활발히 간행되었다. 분량이 방대한 책들을 인쇄할 때는 몇몇 유학儒學 조직이 연합하여 일을 분담하였는데 이러한 방법으로 비교적 짧은 시간 안에 효율적으로 책을 만들어 낼 수 있었다. 원대의 서원각서는 모두 품질이 우수하였다. 그 이유는 풍부한 학전學田 수입을 자본으로 하기에 재정적으로 어렵지 않고, 서원을 이끌어 가는 산장山長(지금의 교장에 해당)은 시간이 많아 교수校讎 작업에 충실할 수 있으며, 비용을 아끼지 않고 훌륭한 기술을 사용하며, 인판印版을 관청에 쌓아 두지 않아 쉽게 간행할 수 있기 때문이다.[12] 원대에는 전국에 서원이 100여 개가 있었는데 그중 항주 서호서원西湖書院이 가장 유명하다. ≪송사宋史≫·≪요사遼史≫·≪금사金史≫및 여러 중요 전적은 중앙 정부에서 서호서원으로 보내져 간행되었고 이것을 세칭 '원본院本'이라 하였다.

원대의 민간 각서도 송대와 마찬가지로 평양, 항주, 건양 등지가 유명하며 인쇄의 질도 매우 우수하였다. 항주의 방각본 중에는 ≪고항신간관대왕단도부회古杭新刊關大王單刀赴會≫, ≪위지공삼탈삭尉遲恭三奪槊≫, ≪이태백폄야랑李太白貶夜郎≫, ≪보성왕주공섭정輔成王周公攝政≫ 등의 희곡본이 등장하는데 이는 출판의 역사에서 중요한 의미를 지닌다. 즉 서적 출판에 있어 통속 문예라는 새로운 종류의 서적 판각이 시작된 것이다.

원대에는 또한 처음으로 채색 인쇄가 등장한다. 검은 색과 붉은 색 두

색을 사용하여 성격이 다른 내용을 구분하였다. 곧 본문은 검은 색으로, 주나 평점은 붉은 색으로 인쇄하였는데 하나의 인쇄판을 가지고 두 번에 나눠 찍어내는 방식이었다. 지금까지 전해지는 가장 오래된 투인본套印本 (채색인쇄본)은 원말 지정至正 원년(1341), 중흥로中興路(지금의 호북성 강릉江陵) 자복사資福寺의 무문화상無聞和尙이 주해한 ≪금강경주金剛經注≫이다. 앞면에 있는 그림에서 소나무는 검은 색, 나머지는 붉은 색으로 인쇄되었으며, 경문은 붉은 색, 주는 검은 색으로 인쇄되어 일목요연해 보였다.

원대 이전의 서적에는 서명이 적힌 겉표지가 없었다. 송대의 서적 같은 경우도 매 권 끝부분에 서명을 적는 것이 대부분이었고, 아니면 판심版心에 간략한 서명을 새겨 넣었다. 그런데 원 지치至治 연간(1321~1323) 건안 우씨虞氏가 ≪무왕벌주서武王伐紂書≫·≪진병육국秦幷六國≫·≪삼국지三國志≫ 등 5종의 평화를 출판할 때, 이 책들에는 그림이 포함된 겉표지가 있었다. 서명을 적은 겉표지의 등장은 그 책이 무슨 책인지 쉽게 알아볼 수 있도록 해 줄 뿐만 아니라 서적 장정의 발전에도 기여한 바가 크다.

3. 활자인쇄술의 발전

조판 인쇄에서 활자 인쇄로 발전한 것은 하나의 큰 변혁이었다. 조판 인쇄는 각인할 서적의 문자를 일일이 목판에 새겨야 하므로 시간과 공력이 많이 들었다. 또한 양질의 목재도 많이 필요했으며 인쇄판을 보관할 큰 공간도 필요했다. 책에 대한 수요가 계속 증가하면서 사람들은 조판 인쇄의 이러한 단점을 대체할 방법을 찾았고 그 결과 활자판이 발명된다. 한 세트의 활자를 만들기만 하면 빨리 배열하여 한 권의 책을 만들 수 있었으며 반복 사용이 가능하여 재료의 비용도 절감할 수 있었기에 활자 인쇄술은 인쇄의 효율을 크게 제고시켰다.

3.1 니(泥)활자

최초로 활자판을 발명한 이는 필승畢昇이라고 알려져 있다. 북송의 심괄 沈括(1031~1095)은 ≪몽계필담夢溪筆談≫에서 필승이 활자판을 발명한 것을 소개하였는데 필승이 활자판을 발명한 연대는 북송 경력연간(1041~1048)으로 그가 사용한 재료는 점토[泥]였다. 점토로 활자를 만들고 불에 구워 단단하게 만든 후 운韻의 순서에 따라 나무 격자에 배열해 놓는다. 배판할 때는 밀랍과 종이 태운 재의 혼합물을 바른 활자를 철판 틀에 배열하고 철판을 가열하는데, 발라놓은 배합물이 녹으면 자면을 평평하게 눌러 인쇄하기 편하게 만든다. 인쇄가 끝난 후 다시 철판을 가열하고 활자를 떼어내어 다시 사용할 수 있도록 원래의 자리에 꽂아 두면 된다. 이러한 점토 활자로 인쇄한 책이 아직 발견되지는 않았지만 필승의 발명은 활자판 인쇄서적 시대의 서막을 올렸다고 할 수 있다.

3.2 목활자

　그후 대략 남송 때부터 목활자판이 나타나 활자 인쇄 기술은 한 단계 더 발전하게 되었다. 원대 학자 왕정王禎은 대덕 2년(1298) ≪농서農書≫ 를 활자로 인쇄하기 위해 목활자 배판 기술을 발명하였는데 각공을 고용하여 3만여 개의 목활자를 새겼고, 회전배자판을 설계하였다. 그는 <조활자인서법造活字印書法>이라는 글을 지어 ≪농서≫의 부록으로 실어 놓았다. 이 글에는 여섯 가지 단계의 인쇄 방법을 적고 있으며 목활자판 기술의 모든 내용이 담겨 있다. 그는 두 가지 방면에서 큰 공헌을 했다. 첫째는 한자의 실제 사용 상황을 근거로 활자의 수량을 확정한 점이고, 둘째는 운의 순서에 따라 회전배자판 안에 배열하여 활자를 뽑는 사람이 회전판을 움직여 가며 필요한 활자를 빨리 찾을 수 있도록 했다는 것이다. 남송 초기에 목활자 인쇄 기술은 서북지역으로 빠르게 전해졌으며 이 지역에서 당시 서하西夏 사람들이 목활자로 인쇄한 서적들이 많이 출토되었다.

　명대에 이르러 목활자판 인쇄서는 매우 보편화되어 통계에 따르면 명대의 목활자본은 대략 100여 종이 있었다고 한다. 무영전武英殿은 청대 황실에서 도서를 찍어내던 기관인데 이곳에서 만든 목활자를 '취진聚珍'이라 불렀고 따라서 이곳에서 인쇄한 서적을 '무영전취진판총서武英殿聚珍版叢書'라 부른다. 이는 역사상 최초로 정부에서 목활자를 사용하여 인쇄한 것으로 가장 큰 규모의 서적 인쇄 작업이었다.

【그림 12】 왕정의≪농서≫ 중 <조활자인서법>

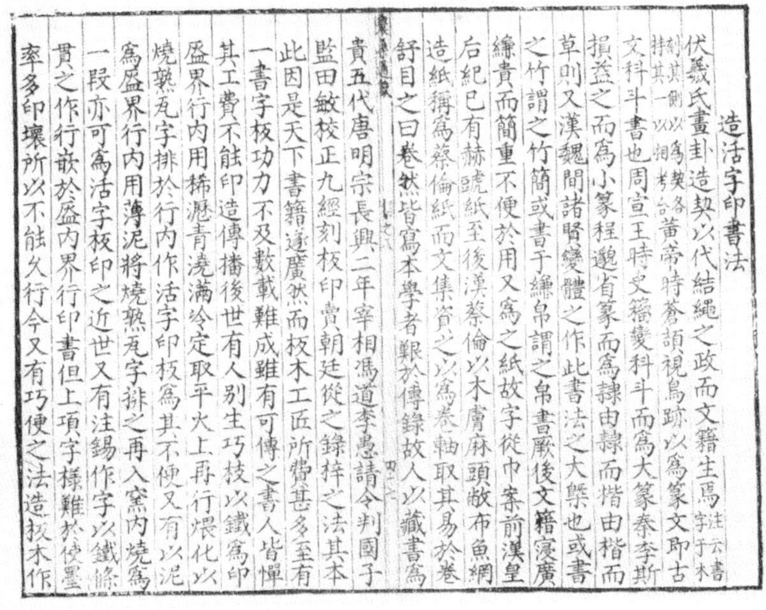
造活字印書法
伏羲氏畫卦造契以代結繩之政而文籍生焉注云書字于木
刻其一側以爲契各持其一以相考合黃帝時蒼頡視鳥跡以爲篆文即古
文科斗書也周宣王時史籀變科斗而爲大篆秦李斯
損益之而爲小篆程邈省篆而爲隸由隸而楷由楷而
草則又漢魏間諸賢變體之作此書法之大槩也或書
之竹謂之竹簡或書于縑帛謂之帛書厥後文籍寖廣
縑貴而簡重不便於用又爲之紙故字從巾案前漢皇
后紀已有赫蹏紙至後漢蔡倫以木膚麻頭敝布魚網
造紙稱爲蔡倫紙而文集資之以爲卷軸取其易於卷
舒目之曰卷然皆寫本學者艱於傳錄故人以藏書爲
貴五代唐明宗長興二年宰相馮道李愚請令判國子
監田敏校正九經刻板印賣朝廷從之錄梓之法其本
此因是天下書籍遂廣然而板木工匠所費甚多至有
一書字板功力不及數載難成雖有可傳之書人皆憚
其工費不能印造傳播後世有人別生巧技以鐵爲印
盔界行内用稀瀝青澆滿冷定取平火上再行煨化以
燒熟瓦字排於行内作活字印板爲其不便又有以泥
爲盔界行内用薄泥將燒熟瓦字排之再入窯内燒爲
一段亦可爲活字板印之近世又有注錫作字以鐵條
貫之作行嵌於盔内界行印書但上項字樣難於使墨
率多印壞所以不能久行今又有巧便之法造板木作

3.3 금속활자

금속판을 이용하여 인쇄한 것은 송대의 지폐에서 기원한다. 금속판과 목조판의 인쇄에 사용되는 먹은 다른 종류인데, 목판 인쇄에 사용하는 것은 수성먹이지만 금속판에 사용하는 것은 유성먹이거나 점성이 높은 수성먹이었다. 원래 지폐 발행은 정부에서 주관하였기 때문에 유성먹 제작 방법은 보편화되지 않았다. 그러나 명대 중기에 금속판용 먹 인쇄방법이 민간에 전해지면서 동활자판 인쇄서적이 광범위하게 출판되었다.

명대에 최초로 동활자판을 만들어 사용한 사람은 무석無錫의 화씨 집안이고 그 중에서도 화수華燧(1439~1513)가 가장 유명하다. 화수는 당시 유명한 장서가로서 중년 이후 많은 자금을 들여 동활자판을 제작하여 수십 종의 책을 간행하였다. ≪송제신주의宋諸臣奏議≫ 50질,≪용재수필容齋隨筆≫ 74권,≪문원영화찬요文苑榮華纂要≫ 84권 등등이 유명하다. 무석 사람 안국安國(1487~1534)도 명대 정덕 7년(1512)부터 동활판 인쇄서를 간행하기 시작하였다. 안국의 동활자본은 인쇄와 교감이 훌륭하여 장서가들에게 높은 평가를 받았다.

역사상 가장 규모가 크고 인쇄가 정밀한 동활자본은 청대 무영전의 ≪고금도서집성古今圖書集成≫이다. 진몽뢰陳夢雷는 상하고금의 도서를 총망라하여 종류별로 분류하고 체계가 있는 백과사전을 편찬할 결심을 하고 황실과 자신의 소장 도서를 이용하여 56년 동안 노력한 끝에 ≪휘편彙編≫을 완성하였는데, 이것을 황제가 열람하고 나서 ≪고금도서집성≫으로 명칭을 바꾸었다. 이것을 인쇄하기 위해 약 25만 자의 동활자를 제작하였다. 글자 크기는 대소 두 종류로 만들어 큰 것은 본문에 사용하고 작은 것은 주석에 사용하였다. 이 동활자는 책이 완성된 후 무영전에 보관되었으나 관리하는 사람이 없어서 많은 사람들이 이를 훔쳐갔다. 건륭 초기 북경의 화폐가 귀해지자 동활자를 훔친 사람들이 이 사실을 은폐하기 위해 동활자를 돈으로 만들자고 건의하였고, 그래서 남아 있던 동활자들이 모두 동전으로 주조되고 말았다.

활자본의 장점은 출판 속도가 빠르고 자유롭게 판을 배열하여 각종 서적을 인쇄할 수 있다는 점이다. 강희 연간 ≪무석현지無錫縣志≫에 화정華珽이 귀한 책을 얻으면 언제나 며칠 안에 인쇄본이 나왔다고 기록한 것이나, 또 왕정이 목활자를 만들어서 ≪정덕현지旌德縣志≫ 100부를 한 달도 안 되어 인쇄했다는 것 등으로 볼 때 활자 인쇄의 속도는 조판 인쇄가 도저히 따라갈 수 없을 정도로 빨랐음을 알 수 있다.[13] 또한 명대 장서가들 사이에서는 선본을 구하면 즉시 교정해서 인쇄하는 것이 유행이었다. 양이 많은 것도 재판再版을 고려하지 않고 활자를 이용해서 빨리 인쇄하여 전통문화를 보존하는 데 큰 역할을 하였다. 활자의 중요한 장점 중 하나는 다른 사람에게 빌려서도 사용할 수 있다는 점이다. 따라서 당시 집집마다 활자를 이용해 가보를 출판하는 것이 성행하였다. 가보를 만드는 보장譜匠은 목활자를 싸들고 각지를 돌아다니며 가보를 만들어 주었다. 일반적으로 가보는 인쇄할 수량이 많지 않고 30년 정도 지나서야 한 번 손을 볼 정도로 다시 찍어낼 가능성도 크지 않았기 때문에 활자 인쇄가 아주 적합하였다. 이러한 장점에도 불구하고 활자 인쇄는 조판인쇄를 대체할 수 없었는데, 그 이유는 다음과 같다. 한자의 자수가 많아 활자도 그만큼 많이 필요하므로 20만 자가 넘는 활자판 한 세트를 마련하기 위해서는 초기 투자 비용이 적지 않게 들었다. 또한 활자를 찾아 배열하고 다시 돌려놓는 과정도 복잡하여 글자를 잘 아는 숙련된 배자공 排字工이 아니면 하기 어려운 문제도 있었다. 조판인쇄는 판목을 장기 보존할 수 있어서 언제든지 다시 찍어낼 수 있었는데 활자 인쇄는 재판을 찍으려면 다시 그만큼 시간과 인력이 필요했기 때문에 불리한 면이 있었다. 이러한 점에서 당시 수요가 많은 유가 경전류나 중요한 책들은 재판이 용이한 조판인쇄가 비교적 경제적이었다. 또 인쇄의 질로 볼 때에도 활자판이 고르고 먹의 농담이 일정하게 유지되도록 하는 기술은 활자 인쇄가 조판 인쇄를 따라가지 못했고, 배자를 하는 과정 중에 오자나 탈자가 생길 확률 역시 활자 인쇄가 훨씬 높았기 때문에 당시 문인들은 여전히 조판인쇄를 선호하였다. 이러한 여러 가지 원인으로 인해 중국에서는 조판 인쇄가 줄곧 주류를 이루었고 활자 인쇄의 사용이 활성화되지 못했다.

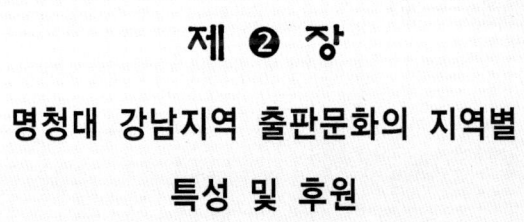

제 ❷ 장

명청대 강남지역 출판문화의 지역별

특성 및 후원

명대 중기 이후 강남지역의 도시 경제가 비약적으로 발전하고, 시민계층이 성장함에 따라 예술과 문화도 다양하게 발달하였다. 이 시기에 다양한 예술과 문화가 꽃 필 수 있었던 주요 동인은 사회 경제의 발전과 문화를 향유할 수 있는 계층의 확대였다고 할 수 있다. 일정한 사회 경제력을 배경으로 한 문화 생산자의 노력과 소비자 계층의 요구는 새로운 문화 창조와 발전에 큰 영향을 미친다. 이와 더불어 예술과 문화에 대한 애호와 다양한 후원 행위 역시 문화를 발달시키는 데 큰 역할을 한다는 점은 서구 예술의 흥성과정을 통해서도 잘 알 수 있다.

서구의 르네상스 문화를 촉진시키는 데는 지배자나 부유한 상인들의 예술후원이 절대적인 역할을 했다. 16~17세기 르네상스 문화를 일으켰던 피렌체 메디치 일가, 밀란의 스포르차 가족 등이 그 대표적인 예이다. 본래 후원은 후원자 자신의 이익을 추구하지 않는 순수한 행위였다. 그러나 근래 서양 예술사 방면에서의 연구 성과에 의하면, 메디치 가문의 후원 행위에서도 알 수 있듯이 후원은 가문의 사회적인 지위를 상승시키고 정치력을 강화하기 위한 수단이 되기도 하였고,[1] 후원자의 개인적인 취향이 특정한 예술 장르의 발전을 가져오기도 하였다.[2] 또, 17세기 중국의 준準직업 문인화가의 경우는 문인계층의 사회적 지위를 유지하면서 실질적으로는 자신의 그림을 주요 수입원으로 하였는데, 후원의 성격을 적어도 표면적으로는 코미숀~지불의 관계를 지양하고 보다 정신적·인격적 관계로 발전시키려고 노력했던 것으로 보인다.[3] 즉, 후원은 흔히 상식적으로 떠올리는 비영리성의 경제적, 물질적 도움 이상의 여러 행위를 포함한다고 할 수 있다. 그런 의미에서 '후원patronage'이란 예술 작품의 경제적 물질적 담당자일 뿐만 아니라 예술가를 이해하고 작품을 평가하고 예술가를 지원하는 '후원자patron'[4][ii]의 다양한 행위를 말한다. 그러므로 특정 시기의 문화 발전에 있어서 어떠한 문화 후원 행위들이 있었는지를 살펴보는 것은 그 문화의 성격과 특징을 파악하는 데 유용한 정보를 제공해 줄 수 있을 것이다.

　이러한 맥락에서 필자는 명·청대의 예술을 예술가와 예술 작품, 예술 수용 계층이 유기적으로 작용하여 변화 발전할 수 있도록 도와준 문화 환경과 후원 양상을 살펴보고자 한다. 어느 시대에나 뛰어난 예술가가 존재하였고 이들의 문예 작품을 감상하고 즐기는 계층이 있어왔지만, 보편적으로 문예의 전파 범위는 매우 제한적이어서 이를 향유할 수 있었던 계층은 소수의 귀족이나 지식인들뿐이었다. 그러나 명청대에 이르면 인쇄술이라는 문예 전파 매체의 획기적인 발달로 인해 문예의 생산과 유통을 둘러싼 환경에 많은 변화가 일어나게 되고, 이로 인해 보다 많은 부를 축적한 상인 계층이 문예 활동에 보다 적극적으로 참여할 수 있게 되었으며 그만큼 문예 활동이 왕성해졌다. 그러므로 이 시대 문예 출판 시장의 형성과 발전 과정을 살펴봄으로써, 문예 출판을 활성화 시키는 데에 출판 관계인들의 후원 활동이 있었는지, 만약 있었다면 그러한 후원이 어느 정도의 영향력을 발휘하였는지를 고찰해 보는 것은 매우 흥미로운 작업이 될 것이다.[5]

　우선, 필자는 명청대 개인적인 출판 활동이 경제적으로 부가 집중된 강남지역, 주로 남경南京·소주蘇州·항주杭州·휘주徽州·양주揚州 등의 몇몇 도시를 중심으로 이루어졌다는 점을 근거로, 연구 범위를 명·청대 특히 출판업의 발달이 최고조를 이루었던 명말 청초의 강남지역으로 한

---

ii) 중국에서는 '후원자'를 '支持者', '贊助人' 등으로 표현하고 있다.

정하고자 한다. 중국 역사상 '강남'이라는 용어는 선진시대부터 나오고 있는데 시대별 정치적, 문화적 중요도에 따라 그 가리키는 범위가 변하였다.[6] 넓은 의미에서는 회수淮水이남 양자강揚子江 양안 일대를 포함한 형초荊楚지역과 오월吳越지역, 안휘安徽, 강서江西, 복건福建 등이 모두 강남지역이라고 할 수 있으나, 본 연구에서 말하는 '강남지역'은 명·청대 경제 문화의 중심지로 자리 잡았던 강소성[吳], 절강성[越] 및 안휘성 남부 지역[晥]을 말한다.

둘째, 같은 강남지역이라도 도시별 출판 상황의 공통점과 차이점이 무엇인지, 출판을 후원한 이들의 지역적 특성이 출판물에 어떻게 반영되었는지를 고찰하여 명청대 강남 문화의 홍성이 다양하게 나타나게 되는 원인과 출판계의 공헌을 규명해 낼 수 있을 것이다.

1. 강남지역 명·청대 각서업刻書業의 발전[iii]

중국에서 조판 인쇄가 시작된 시점에 대해서는 설이 분분하지만, 대략 수·당 무렵에는 조판인쇄를 위한 기본적인 토대가 갖추어진 것으로 보인다. 송대에 이르면 판각 주체에 따라 크게 '관각官刻', '사각私刻', '방각坊刻'의 세 가지 체계로 나뉘게 된다. 관각官刻은 중앙정부와 지방정부, 번부藩府에서 집권층의 통치 이념인 유교 전파나 교화를 목적으로 출판

---

iii) 본래 刻書란 판각하여 인쇄하는 것을 일컫는다. 명·청대의 刻書業은 書籍商의 활약으로 서적의 판각·인쇄뿐만 아니라 유통까지 모두 활발하게 이루어지기 때문에 여기서는 출판업과 같은 의미로 사용한다.

한 것이며, 사각私刻은 개인적 취미나 학술적인 목적으로 개인이 행한 출판이고, 방각坊刻은 서점書店과 서상書商을 겸한 서방書坊에서 영리를 목적으로 출판한 것이다.[7] 국가차원이 아닌 민간차원의 출판업은 특히 명·청대에 이르러 큰 발전을 이룬다.

명대의 출판 상황을 보여주는 문헌 자료로는 다음과 같은 것들이 있다.

> 책을 간행하는 지역은 세 곳이 있는데, 오吳 지역, 월越 지역, 민閩 지역이다. 촉본蜀本은 송대宋代에 가장 뛰어나다고 칭송을 받았으나 요즘은 매우 드물다. 연燕, 월粵, 진秦, 초楚 지역에서도 지금은 모두 책을 간행하여 종류별로 볼 만한 책들이 있지만, 세 지역의 번성보다는 못하다.
> 凡刻之地有三, 吳也, 越也, 閩也. 蜀本宋最稱善, 近世甚希. 燕, 粵, 秦, 楚 今皆有刻, 類自可觀, 而不若三方之盛.[8]

> 엽몽득葉夢得은 또 말하길, 천하의 도서 출판은 항주를 으뜸으로 하고, 촉蜀(사천)을 다음으로, 민閩(복건)을 최하로 친다고 했다. 내가 본 현재의 판본들은 소주·상주를 으뜸으로 하고, 금릉을 다음으로, 항주를 또 그 다음으로 친다. 근래에 호주·휘주의 책들이 날로 정교해져, 드디어 소주·상주와 값을 다투지만, 촉본蜀本은 세상에 유통되는 것이 극히 적으며, 민본閩本은 최하이다.
> 葉(夢得)又云, 天下印書, 以杭爲上, 蜀次之, 閩最下. 余所見當今刻本, 蘇·常爲上, 金陵次之, 杭又次之. 近湖刻·歙刻驟精, 遂與蘇·常爭價, 蜀本行世甚寡, 閩本最下.[9]

> 남경·휘주·호주 세 곳은, 판각의 정교함으로는 송대의 것에 필적한다. 초楚(강서), 촉蜀(사천)의 판본은 모두 보통 수준이며, 민閩(복건)의 건양에도 서방이 있어서, 도서 생산이 가장 많지만, 판각이나 용지는 모두 제일 엉망이다.
> 金陵·新安·吳興三地, 剞劂之精者, 不下宋版. 楚·蜀之刻皆尋常耳. 閩建陽有書坊, 出書最多, 而板紙俱最濫惡.[10]

호응린胡應麟과 사조제謝肇淛는 모두 명대 만력 연간에 생활하였던 학자들로, 위의 글들은 자신들이 보고 들은 당시의 사회모습을 기록한 것이므로 매우 신빙성 있는 자료라고 할 수 있다. 위 인용문에 의하면 명대의 출판 지역으로 여러 곳이 있었지만 그 중심은 남경, 소주, 상주, 항주, 휘주, 호주 등의 강남지역이었던 것을 알 수 있다. 또한 송·원대부터 서방의 활동이 두드러졌던 복건 건양 지역의 경우 여전히 출판량은 많았으나 질적인 면에서 문제가 많아 비판의 대상이 되었음을 알려주고 있다.

이러한 상황은 청대가 되어서도 거의 변화가 없어 여전히 강남지역이 출판의 중심 지위를 유지하였고 복건 지역의 출판업은 쇠퇴하였던 것으로 보인다.

근래에는 금릉·소주·항주 서방의 판본이 성행하고 건양建陽 등의 민본閩本은 더 이상 널리 유통되지 않았다. 촉본蜀本의 경우, 전란을 겪으며 도시가 폐허가 되면서 도서를 간행하는 일이 사라졌으며, 북경 지역 역시 출판의 고수들이 드물어졌다.
近則金陵·蘇·杭,書坊刻版盛行. 建本不復過嶺. 蜀更兵燹, 城廓丘墟, 都無刊書之事. 京師亦鮮佳手.[11]

지금 민본 서적들의 맥이 끊긴 지 오래되었다. 오직 백하白下(金陵), 오문吳門(蘇常), 서령西泠(杭州) 세 지역의 서적만이 세상에 유행하고 있다.
今閩本書久絕矣, 惟白下(金陵), 吳門(蘇常), 西泠(杭州)三地書行於世.[12]

그렇다면 명·청대에 출판업이 흥성할 수 있었던 데에는 어떠한 원인들이 있었을까?[13]

1.1 명 왕조 문교정책의 변화

　명 태조는 건국 초부터 교육을 통한 교화를 중시하였으며, 이를 실행할 수 있는 도서사업에 관심을 가졌다. 홍무洪武 원년元年(1368)에는 서적세를 폐지하도록 조서를 내렸고, 23년 겨울에는 천하의 유서遺書와 선본善本을 사들여 서방書坊에서 간행하도록 명령을 내렸다.[14] 이러한 정책상의 우대는 원대의 출판 정책에 비해 상당히 관대해진 것으로,[15] 기본적으로 출판 전 검열 제도가 없어 누구든 재력이 되기만 하면 모두 책을 출판할 수 있었고,[16] 이는 각서업의 민간화를 촉진시켜 개인과 서방의 출판열을 부추겼다고 할 수 있다.

1.2 풍부한 저술과 장서열

　풍부한 저술著述과 장서열藏書熱, 교육을 중시하였던 사회분위기는 보다 많은 사람이 출판업에 참여하도록 동기부여를 하였다.
　국가 이념에 반하거나 정쟁과 연루된 저술이 아닌 이상, 민간의 학술과 창작 활동에 대해 명 정부의 간섭이 거의 없었기 때문에 명대의 저술은 급격히 증가하였고, 총서叢書 및 유서類書의 편집도 매우 활발하였다. 명대에 편집된 총서로는 모진毛晉의 ≪진체비서津逮秘書≫, 육즙陸楫의 ≪고금설해古今說海≫, 풍가빈馮可賓의 ≪광백천학해廣百川學海≫, 고원경顧元慶의 ≪고씨문방소설顧氏文房小說≫, 호문환胡文煥의 ≪격치총서格致叢書≫, 범흠范欽의 ≪범씨이십일종기서范氏二十一種奇書≫, 정영程榮의 ≪한

위총서漢魏叢書≫ 등이 유명하다. 또한 ≪중국총서종록中國叢書綜錄≫ 등 자료의 통계에 의하면, 청대의 총서 편집은 절정에 달해 2,700여 종에 이른다. 문헌 보존 등 자료가치가 매우 높은 총서를 출판하여 남겨놓으려는 욕구는 자연스럽게 출판업을 발전시켰다고 할 수 있다. 청대淸代 황직우黃稷虞의 ≪천경당서목千頃堂書目≫에 수록된 명대의 저작은 15,725종에 달하며 원대에 비해 무려 5배 이상 증가한 것을 알 수 있다.17)

【표 1】 중국역대저작통계표18)

朝代	기간	총저작부수	총저작권수	100년간 평균저작부수	증가율
先秦-西漢 (25년이전)	747년	1,033	13,029	138	
東漢 (25~220)	195년	1,100	2,900	564	309%
魏晉南北朝-隋 (220~618)	398년	10,654	70,304	2,679	375%
唐五代 (618~960)	342년	10,806	185,074	3,160	18%
宋 (960~1279)	319년	11,519	124,919	3,611	14%
西夏遼金元 (906~1368)	462년	5,970	52,891	1,292	−64%
明 (1368~1644)	276년	14,024	218,029	5,081	293%
淸 (1616~1911)	295년	126,649	1,700,000	42,932	745%
民國抗戰이전 (1912~1937)	25년	71,680	91,378	286,720	568%

또한 명·청대에는 개인 장서藏書가 매우 성행하여 유명한 장서가藏書

家가 많이 나왔다. 범봉서范鳳書의 연구 통계에 의하면, 중국의 역대 개인 장서가 총 4,715명 중 명대 장서가는 869명, 청대 장서가는 1,970명으로 명·청대 장서가가 전체의 60.2%를 차지한다.[19) 또한 명·청대 장서가 중 강소, 절강 지역의 장서가가 명대에 240명, 청대에 557명으로 이 지역에 장서가가 집중되어 있었음을 알 수 있다.[20) 특히 명말明末 모진毛晉의 '급고각汲古閣'에는 84,000책冊의 장서가 있었으며, 그중에는 훌륭한 선본이 많았다. 중국에서는 예로부터 "서적을 간행함으로써 자손에게 혜택을 주거나 난세에 가문을 보존할 수 있고, 수백 년 동안 판본이 전해짐으로써 사람들에게 우러름을 받을 수 있다(因刻書或子孫食其祿, 或亂世保其家, 或數百年板本流傳, 令人景仰)"고[21) 여겼기에, 모진을 비롯한 많은 장서가는 장서에만 그치는 것이 아니라 선본善本을 간행하는 일에도 참여하였다. 이로써 장서藏書와 각서刻書는 상호 보완하는 관계로 발전하였음을 알 수 있다. 즉 장서가는 소장한 좋은 문헌들을 개인 각서가들에게 다량 제공하여 출판할 수 있게 해 주었고, 또한 구매 능력을 갖춘 많은 장서가들은 출판인들에게 좋은 판매고객이 되어 주었던 것이다.

한편 명·청대에는 교육과 인재배양에 관·민에서 모두 관심을 가져 유학儒學이 크게 일어나고 문풍이 흥성하였다. 학교學校와 서원書院의 수가 급격하게 늘어났는데, 명대 장강 유역의 서원 수는 646개나 되었다.[22) 이러한 교육열은 당시 과거제도와도 무관하지 않으나 이로 인해 민간에서 글을 읽는 기풍이 널리 퍼졌고, 독서에 필요한 서적에 대한 수요도 증가하였으며, 이러한 서적은 주로 서방에서 많이 간행되었다.

1.3 새로운 독자층의 대두

　명 태조는 건국 후 생산력을 회복시키고 경제를 발전시키기 위해 황무지 개간과 수리시설 확충에 힘쓰고 세수의 부담을 경감시키는 등 민간경제에 관대한 정책을 펼쳤고, 이에 힘입어 명 중기에 이르면 경제가 크게 발전하게 된다. 수공업과 시민계층의 확대로 상품 거래가 활성화 되었고 이에 따라 도서 시장도 영향을 받았다. 즉, 일정한 경제력을 가진 수공업자와 시민계층의 확대는 도서 소비 주체를 더욱 확대시켰고, 상업도시의 발전은 상품으로서의 도서 유통업을 발전시켰으며, 시민문화가 확대됨에 따라 소설, 희곡 등 통속문학의 출판이 급증하였다.

> 건국 초에 서판은 국자감에만 있고 그 밖의 군현에는 아직 없었던 것 같다. …… 선덕·정통 연간에도 서적의 인쇄본은 아직 그리 널리 보급되지 않았다. 그러나 지금은 서판이 날로 증가하여 천하에 문을 숭상하는 기풍이 이전보다 훨씬 성해졌다. 다만 지금의 선비들은 실속 없이 화려한 것에만 익숙할 뿐, 바르고 훌륭한 고서를 판각하여 후학에 도움을 줄 수 있는 자가 드물고 판각한 것은 모두 무익하니 사람들로 하여금 진저리가 나게 한다.
> 國初書版惟國子監有之, 外郡縣疑未有. …… 宣德·正統間, 書籍印版尙未廣. 今所在書版, 日增月益, 天下右文之象, 愈隆於前已. 但今士習浮靡, 能刻正大古書以惠後學者少, 所刻皆無益, 令人可厭.[23]

　명明 성화成化 연간(1465~1487) 진사進士였던 육용陸容(1436~1494)의 위와 같은 진술과 같이, 명대 출판업은 경제 발전과 맞물려 명초의 회복기를 거쳐 성화 연간이후 발전하여 가정, 만력, 숭정 연간(1522~1644) 전성기를 누리게 된다. 이와 더불어 책의 유통이 활발한 도시들도 나타난다.

지금 천하의 책이 집중되는 곳으로 대략 네 곳이 있는데, 북경·남경·소주· 항주이
다. 복건·강서·운남·귀주의 책들은 내가 가끔 판각된 것을 입수하고, 섬서·산
서·사천·하남의 책들은 내가 때때로 그곳 사람을 사귀어, 사방에 부탁하여 두루 살
펴보건대, 대체로 앞의 네 곳에 비할 바가 아니었다.
今海內書, 凡聚之地有四: 燕市也, 金陵也, 閶闔也, 臨安也. 閩楚滇黔則余間得其
梓, 秦晉川洛則余時友其人, 旁諏歷閱, 大槪非四方比矣.[24]

　호응린의 기록에 따르면 명말의 출판시장은 크게 북경, 남경, 소주, 항
주 등을 중심으로 발전하였는데, 이 중 특히 강남지역 출판시장이 세 곳
이나 포함되어 있어 그 활약이 컸음을 알 수 있다.[25] 이러한 출판시장이
활성화되는 데는 독서인구의 증가가 필수적이다. 실제로 교육 기회의 확
대로 명말明末에 이르면 어느 정도 문자해독 능력을 갖춘 식자층이 50만
명을 상회하였을 것이라고 예상한다.[26]

　시민계층을 대표하는 상인들은 실용적인 내용의 서적 이외에 여가 선
용의 수단으로서 소설, 희곡을 선호하였고 이러한 통속문학의 창작과 전
파에 큰 역할을 하였다고 할 수 있다. 당시 양대兩大 거상巨商인 진상晉商
(山西商人)과 휘상徽商(徽州商人)의 경우를 살펴본다면, 진상들은 금융업
을 하여 번 돈으로 소설 및 서적 구입에 힘썼는데, 이후 가세가 기울자
전국의 서적상들이 달려와 그들의 장서를 사갔다고 한다.[27] 또한, 휘주의
둔계屯溪, 흡현歙縣 일대에 지금도 고본孤本 소설小說이 많이 남아 있는
것으로 보아 휘상들 역시 통속소설의 주요 독자였음을 알 수 있다.[28] 명
말의 주일시朱一是는 ≪소과쟁기蔬果爭奇≫에서 당시 부녀자들이 마치 큰
옥을 안고 다니듯 삽화본 소설을 가지고 다녔다고 기록하였고, 전겸익錢

謙益은 《열조시집소전列朝詩集小傳》에서 약국에서 심부름하던 왕행王行이 주인의 도움으로 주인 소장의 서적을 마음대로 읽은 결과 고금을 꿰뚫는 지식을 갖추게 되었다고 기록하였다.[29] 이렇듯 명말에 이르면 중소 상인이나 부녀자들도 일정 수준의 문자 해독 능력을 지녀 통속문학의 독자층을 형성하였다. 새로운 독자층은 자신들의 심미 취향에 맞는 대중적인 문예 작품을 요구하였고, 이것은 곧 통속문학 출판의 증가를 가져왔다. 일례로 현존하는 자료에 근거하여 소설 출판의 상황을 살펴보면 다음과 같다.

【표 2】 시대별 간행 소설 수[30]

朝代	書坊數(家)	出版小說種類(種)
宋・元代	3	7
明代(正德以後)	134	228
清代(順治一乾隆)	116	369

위의 통계는 출판된 통속 백화소설을 위주로 작성한 것으로, 이를 통해 도시 경제가 급격하게 발달하고 새로운 독자층이 증가하기 시작한 명 중기 이후 소설 출판도 급격하게 늘어났음을 알 수 있다.

1.4 출판 재료 생산 및 출판 기술의 진보

출판에 필요한 재료 생산 및 출판 기술의 진보도 출판업 발달의 물질적 토대가 되었다. 명대에는 출판의 기본이 되는 종이와 먹의 제작 기술이 향상되고 품종 및 수량이 증가하였다. 명대에는 특히 수백 권에 달하는 총서叢書나 유서類書, 문집文集, 장편소설들이 간행되었는데, 이러한 도서들의 출현은 종이의 대량 생산이 있었기에 가능한 것이었다. 명대 종이는 재질에 따라 크게 면지綿紙와 죽지竹紙로 나눈다. 가정嘉靖(1521 ~1566)·융경隆慶(1566~1572) 연간까지만 해도 질 좋은 면지의 사용이 많았으나, 만명晩明 시기에 이르면 얇고 질이 약간 떨어지지만 저렴한 죽지가 널리 사용되어 책의 제작 원가를 낮출 수 있었고, 이윤을 추구하는 서방書坊에서는 이러한 죽지를 선호하였다.[31] 또한 명대의 먹 생산에 있어서도 기술이 뛰어난 장인들이 많이 나오고 먹의 품질이 우수해졌으며 먹의 장식도 화려해졌는데 이에 따라 정군방程君房의 ≪묵원墨苑≫, 방우로 方于魯≪묵보墨譜≫, 이효미李孝美의 ≪묵보墨譜≫ 만수기萬壽祺의 ≪묵지墨志≫ 등 먹에 관한 전문서들이 출판되었다. 특히 정군방程君房의 ≪묵원墨苑≫은 초보적 단계의 채색인쇄로 후에 등장하는 채색 화보畵譜나 전보箋譜의 효시가 되었다는 데에 의의가 있다.[32]

【그림 1】 《程氏墨苑》에 수록된 《飞龙在天图》

【그림 2】 《程氏墨苑》에 수록된 서양 종교화
《信而步海,疑而即沉》와 《二徒闻实,即舍空需》

　　활자 인쇄 등 출판기술의 발전과 조판雕版, 인쇄印刷, 장정裝幀 등의 분
업화도 출판비용을 감소시킨 주요 요인이었다. 특히 송宋·원대元代의 예
술적인 서체에 비해 상대적으로 판각하기 쉬운 규격화된 명조체明朝體의

개발로 각공刻工의 수가 급증하였는데, 이들로 인해 출판의 효율이 제고되고 출판량도 증가하였으며 노동력의 증가는 곧 임금 하락을 가져와 출판에 드는 비용을 떨어뜨렸다.[33] 명말청초에 출판된 모든 서적의 가격을 알 수는 없지만 남아 있는 기록으로 대략적인 모습을 살펴보면 다음과 같다.

【표 3】 명말청초 서적의 가격 범위[34]

가격의 범위	서적 수			
	汲古閣	潘允端	沈津	총계
1兩 미만	29	4	11	44
1~3兩	45	8	9	62
4~6兩	17	4	1	22
7~10兩	7	2	0	9
10兩 초과	12	3	0	15
총계	110	21	21	152

위의 표를 살펴보면 은銀 1량兩을 초과하는 서적이 거의 71%를 차지하고 있다. 각공들을 포함한 하급 노동자들의 한 달 수입이 평균 은 1량 정도였음을 고려한다면[iv] 당시 책값이 매우 높았던 것을 알 수 있다. 그러나 비싼 서적들은 대부분 권수가 많은 대형 서적들이거나 소장 가치가 높다고 판단되는 서적들이었고, 단행본이나 번각본, 판본이 조잡한 것이나 의서醫書, 일용서日用書 등은 1량 미만의 상대적으로 싼 가격에 구입

---

iv) 송·원대 刻工의 임금은 매월 3,000文 정도였으나 명말에 이르면 그 절반 이하 수준으로 떨어진다. 徐康의 ≪前塵夢影錄≫ 중에 "毛氏廣招刻工, 以十三經·十七史爲主, 其時銀串每兩不及七百文. 三分銀刻一百字, 則每百字僅二十文矣"라고 한 것에서 알 수 있듯이 매 100자 당 각공의 임금은 銀 3分 즉 '20文' 정도였으며, 각공 한 명이 하루에 100여 자씩 30일간 일한다고 하였을 때 월 평균 銀 1兩(약 600文) 정도였을 것이다. 당시 기록에 따르면 각공의 한 달 임금은 평상시 쌀 2~3石을 살 수 있을 정도였다고 한다.

할 수도 있었다. 예를 들어, 일본日本 내각문고內閣文庫에 소장된 소설 ≪봉신연의封神演義≫는 '문은紋銀 2량兩', ≪신전진미공선생비평춘추열국지전新鐫陳眉公先生批評春秋列國志傳≫(12冊)은 '문은紋銀 1량兩'이라는 비싼 가격이 적혀 있는데, 이들은 모두 장편 소설이다. 한편, 일용서日用書인 ≪신각애선생천연각휘편채정편람만보전서新刻艾先生天綠閣彙編彩精便覽萬寶全書≫는 '은銀 1전錢', 일본 존경각문고尊經閣文庫에 소장된 희문戱文 ≪신조만곡장춘新調萬曲長春≫은 '은銀 1전錢 2푼分'으로 비교적 싼 편이라고 할 수 있다.

이상, 명·청대에 출판업이 발전할 수 있게 된 사회 전체적인 맥락을 살펴보았다. 그 과정에서 송·원대에 흥성했던 사천 지역의 출판업은 쇠퇴하고 경제가 발전한 강남지역이 새로운 출판 중심지로 떠오르게 된 것을 알 수 있었다. 그러나 단순히 경제가 발전하였다고 하여 모두 출판업이 발전하는 것은 아니며, 인쇄 출판에 적합한 자연적인 조건, 정부의 정책, 민간의 교육열과 장서열, 독서열 출판 기술의 발달 및 생산 구조의 변화 등 다양한 요인이 복합적으로 작용하여 이루어진 것이다. 명대 복건 지역의 건양建陽 역시 출판업이 매우 성행하였으나 지나친 상업화로 인해 질적인 측면에서 많이 떨어졌기에 본 연구에서는 주로 강소江蘇·절강浙江·휘주徽州 지역의 주요 도시만을 대상으로 보다 구체적인 출판 상황을 살펴본다.

2. 지역별 문예출판의 특징 및 후원 양상

> 내가 본 지금의 판각본 중, 소주蘇州·상주常州의 것이 가장 우수하고, 남경南京의
> 것이 그 다음이고, 항주杭州의 것이 또 그 다음이다. 근래 호주湖州와 휘주徽州 흡현
> 歙縣의 판각도 대부분 정교하여 마침내 소주, 상주의 것과 가격을 다투게 되었다.
> 余所見當今刻本, 蘇·常爲上, 金陵次之, 杭又次之. 近湖刻·歙刻驟精, 遂與蘇·
> 常爭價.35)

호응린은 만명晩明 서적 출판의 상황을 도시별로 이렇게 지적하였는데,
필자는 여기에 근거하여 크게 ① 남경南京지역, ② 소주蘇州와 그 주변지
역, ③ 항주杭州와 그 주변 지역, ④ 휘주徽州와 휘상徽商들이 진출하여
활약한 양주揚州 지역 등 네 지역으로 나누어 살펴보기로 하겠다.

2.1. 남경南京

명 태조가 남경을 수도로 정한 후 남경은 전국의 정치·경제·문화의
중심지가 되었다. 그는 전국의 도서를 남경으로 모아들였고 통치와 교육에
관련된 서적을 편찬하는 데 힘썼다. 예를 들면, 한漢·당唐 이래 번왕藩王
이나 종실宗室의 선악 행위를 담은 ≪소감록昭鑑錄≫, ≪영감록永鑑錄≫
등을 편찬하여 종실들의 귀감이 되도록 하였고, 친왕親王들에게 사곡詞曲
1,700권을 바치게 하여 간행하였으며, 공신들에게는 ≪세신총록世臣總錄≫,
≪신계록臣誡錄≫ 등을, 서민들에게는 ≪교민방문敎民榜文≫, ≪무농기예
상고서務農技藝商賈書≫ 등을 편집 출판하여 읽게 하였다. 또 법률제도를

정비하며 ≪대명령大明令≫, ≪대명률大明律≫ 등 법전을 반포하였고 모든 관리와 학생들에게 ≪대고大誥≫ⱽ⁾를 읽도록 하였다. 영락제 역시 ≪역대명신주의歷代名臣奏議≫를 간행하여 황태자, 황태손 및 대신들에게 읽도록 하였고 ≪오경사서대전五經四書大全≫, ≪성리대전性理大全≫을 예부禮部에서 간행하도록 하여 국자감國子監과 천하의 군군郡 · 현학縣學에 보내 읽고 외우도록 하였다. 홍무와 영락 부자에 의해 간행된 이들 서적은 통칭 '제서制書'라고 하며 약 100여 종에 이른다. 이러한 책들은 모두 중앙에서 각급 성省 · 부府 · 현縣 유학생들에게 보내져서 읽히거나 소장되었다. 그리하여 명초에는 정부에서의 출판[官刻]이 매우 흥성하였는데, 서적출판을 명령한 명 황제들의 이러한 행위는 본래 출판을 후원하려는 행위는 아니었지만 의도하지 않은 후원행위였다고 간주할 수 있을 것이다.

영락 19년(1421) 남경에서 북경으로 천도한 이후, 남경은 정치 중심지로서의 지위를 상실하였으나 육부六部 아문衙門과 남경의 국자감[南監]은 그대로 남아 있었다. 이 남감南監에서는 원대元代 집경로集慶路의 서판書版들과 남송南宋의 태학太學이었던 항주 서호서원西湖書院에 판각한 서판書版들을 거두어 소장하고 있었다. 또한 명조 내내 이 서판들을 보수하고, ≪이십일사二十一史≫, ≪통감通鑑≫, ≪통감기사본말通鑑紀事本末≫ 등 주요 역사서와 ≪천자문千字文≫, ≪천문지天文志≫, ≪영조법식營造法式≫, ≪농상촬요農桑撮要≫, ≪산법算法≫, ≪대관본초大觀本草≫ 등 다양한 서적을 간행하고 보존하였다. 남감에서의 사서史書 출판 중 특이한 점은 여

ⱽ⁾ ≪大誥≫는 洪武 18년 (1385)에 明律의 부족한 점을 보충하여 신민의 범죄를 엄중히 처벌하기 위해 만든 것으로 ≪大明律≫과 같이 최고의 법률 효력을 가졌다. ≪尙書≫〈大誥〉의 격식을 모방하였으며, 당시 엄한 형법으로 관민의 범죄를 처벌한 전형적인 사건을 모아 훈계와 함께 새로운 법률 규범을 담고 있다.

기에서 수학 중인 학생들이 사자寫字, 교대校對, 각자刻字 등의 출판 과정에 참여하였다는 점이다. 예를 들어 감생監生인 진소온陳所蘊, 하소夏昭, 왕극근汪克勤 등은 ≪진서晉書≫를 간행하였고 도약陶鑰, 호숭귀胡崇貴, 장패張沛, 오선화吳善和 등은 가정嘉靖·만력萬曆 연간에 ≪신당서新唐書≫를 보간補刊하였다. 또한 감생監生 황가정黃家禎이 ≪송서宋書≫를 간행하였는데 이 과정에서 '조간助刊 ≪송서宋書≫'라고 기록되어 있다. 장수민張秀民은 이에 대해 황가정黃家禎이 자금을 대어 후원하였거나 아니면 무보수로 의무를 다한 것이 아닐까하고 해석하고 있는데,36) '조간助刊'이 과연 정확하게 어떠한 형태였는지 지금으로서는 알 수가 없지만, 만약 이것이 자발적으로 행해진 것이라면 사서史書 출판에 감생監生들의 후원이 있었다고 말할 수 있을 것이다.

남경의 사인私人 각서刻書는 내용이 광범위하여 경·사·자·집 모든 분야를 두루 출판하였으나 그 중 삽도본揷圖本(揷畵本) 소설, 희곡戲曲, 사곡詞曲과 화집류畵集類 등의 출판이 눈에 띄게 많아졌다. 명대 남경에서 출판된 출판물의 내용을 분류한 통계에 의하면, 경부經部가 71종(8.6%), 사부史部가 83종(10.0%), 자부子部가 283종(34.1%), 집부集部가 393종(47.3%)를 차지하여 순수 문예에 속하는 집부가 가장 많은 수를 차지하고 있으며, 이중에 집부에 포함시킨 사곡류가 186종(22.4%), 소설류가 36종(4.3%)으로 통속문예에 속하는 서적류가 26.7%나 차지하고 있다.37)

남경의 서방書坊은 주로 삼산가三山街 및 태학太學 앞에 많았는데, 대개 몇몇 가문을 중심으로 발전하였다. 그 중 당씨唐氏의 서방書坊이 15개 정도로 가장 많았고vi) 주씨周氏의 서방이 13개 정도로 그 다음을 차지한다.vii) 당씨 서방은 의서, 경서, 문집, 척독尺牘, 금보琴譜 외에 희곡 출판으로 유명하며, 그 중 당대계唐對溪의 부춘당富春堂에서 출판한 희곡은 100여 종에 이른다.38) 또한 그 속에 삽입된 삽화도 1000여 폭에 달하는데, 삽화가 매우 정교하고 아름다워 예술적으로도 뛰어난 기교를 갖췄다고 칭찬받는다. 물론 부춘당에서 희곡서를 간행한 목적은 대중의 인기에 부합하여 이윤을 얻으려는 것이었겠지만, 페이지에 아름다운 테두리 장식[花欄]을 도입하고 복건풍의 거칠고 소박한 판화와는 달리 특유의 유형화된 인물과 도판 상단의 가로 제목, 도판 좌우의 세로 연구連句를 삽입하여 정밀하고 섬세한 삽화를 판각함으로써 희곡서 출판에 나름대로 투자와 후원을 아끼지 않았다고 할 수 있겠다.

---

vi) 唐氏 書坊으로는 唐對溪의 富春堂, 唐繡谷의 '世德堂', 唐鯉躍의 '集賢堂'이 유명하고 그 외에 '文林閣', '廣慶堂' 등이 있다.

vii) 周氏 書坊으로는 周希旦의 '大業堂', 周近泉의 '大有堂', 周日校의 '萬卷樓', 周時泰의 '博古堂' 등이 있다.

【그림 3】 富春堂刊本 《古今列女傳》

　진대래陳大來의 '계지재繼志齋'도 희곡 출판으로 유명하다. 진씨 각서의 두드러진 특징은 《향낭기香囊記》의 경우처럼 자신이 직접 목판에 글씨를 써서 판각하는 등 매우 정교하게 판각하였다는 점과 삽화에 많이 신경을 썼다는 점이다. 특히 《중교십무단교합홍거기重校十無端巧合紅蕖記》 삽화의 경우 신안新安 화가 하룡何龍이 그림을 그리고 솜씨 좋은 각공 유대덕劉大德이 판각하였는데, 당시 독자들에게 인기가 매우 많았다.

　솜씨 좋은 화가와 각공의 만남은 삽화가 단순히 책을 장식하기 위한 수단이 아닌 판화예술로서 격이 높아질 수 있다는 것을 의미한다. 밑그림 화가와 각공을 선택하여 책을 어떻게 만들 것인지 기획하며 가교 역할을 한 이들은 다름 아닌 각서가刻書家들이었고, 이들이 단순히 이윤을 추구하는 마인드만 가지고서는 정교한 삽화본 문예서를 출판해낼 수 없었을 것이다. 즉, 명화가와 명각공에 대한 후원과 투자로 시각적인 효과를 극대화시키며 독자들에게 더욱 환영받는 대중서적들을 출판한 것은 각서가들의 공이라고 할 수 있겠다. 이러한 예는 왕정눌汪廷訥의[viii] 환취당環翠堂에서도 찾아볼 수 있다. 원래 휘주 출신인 왕정눌은 희곡작가로서 남경에 환취당이라는 서방書坊을 세우고 출판업에 참여하였다. 그는 주로 문학, 희곡류 서적을 출판하였고, 자신의 예술적 취향에 따라 명화가와 명각공을 초빙하여 아름다운 삽화를 판각하였다. 그 중 자신이 지은 전기傳奇 총집總集 ≪환취당악부環翠堂樂府≫와 역사전기歷史傳記 총집總集인 ≪인경양추人鏡陽秋≫가 유명한데, 그 안의 삽화는 화가 왕경汪耕과 휘주 출신 명각공 황응조黃應組에게 부탁하여 이루어졌다. 또한 왕정눌은 자신의 재산을 아낌없이 투자하여 만든 환취당 안의 환취정環翠亭에서 당시 사회적으로 지명도가 있는 여러 문사들, 예컨대 탕현조湯顯祖, 왕치등王穉登, 진계유陳繼儒, 방우로方于魯, 이지李贄 등과 교유하며 문학과 예술을 논하고 정신적으로 이들을 지지하였다.[39] 이러한 상황으로 볼 때, 그의 출판 사업은 경제적 이익을 고려하지 않은 일종의 후원이며 문인들과의 '관계맺기'로서의 의미가 큰 것으로 보인다. 특히 왕정눌의 출판 목록에 과거응시용 교재 등 상업적인 목적의 서적이 없는 것을 보면, 그의 출판이 경제적인 이익을 목적으로 하지 않은 것임을 분명히 알 수 있다.[40]

---

viii) 汪廷訥은 字가 昌朝 또는 無如이고, 號는 坐隱, 無無居士, 全一眞人, 淸痴叟이며 安徽 休寧人이다. 萬曆 연간 鹽運使를 지내면서 부유해졌고 후에 은거하며 저서와 각서 활동을 하였다고 전해진다.

【그림 4】 환취당 각본 ≪人鏡陽秋≫

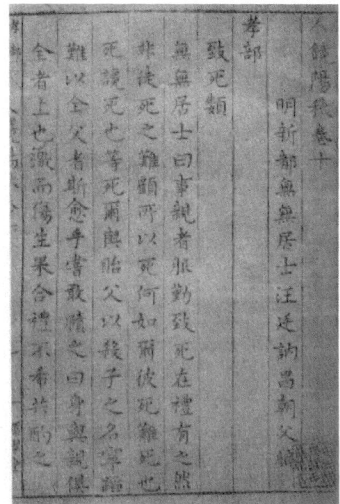

　남경의 서방에는 본래 채색인쇄彩色套印가 그리 흔하지 않았는데 또 한 명의 휘주 출신 서화예술가이자 각서가인 호정언胡正言(약 1584～1674)에[ix] 의해 탁월한 채색 인쇄가 등장하게 되었다. 그는 만력萬曆(1573～1620)·천계天啓(1621～1627) 연간 잠시 관직 생활을 하기도 하였지만 은퇴 후 문징명文徵明의 증손자 문진형文震亨이나 회화에 뛰어나 만력 말에 중서사인中書舍人으로 천거되기도 한 오빈吳彬, 산수화에 능한 양문총楊文聰 등 명사들과 어울렸고 또한 자신도 회화, 서예, 전각 등의 기술 연마에 정력을 다해 판화 예술 창조의 길로 발을 들여 놓았다.

　십죽재十竹齋에서 간행한 ≪십죽재서화보十竹齋書畫譜≫(1627)와 ≪십

---

ix) 胡正言은 徽州 休寧人으로 字가 曰從, 號가 次公이며, 室名이 十竹齋이다. 학자이자 의사였고, 刻印과 書法에 정통하였으며 채색 인쇄(套印)와 拱花 技法을 이용한 箋紙의 디자인과 인쇄로 유명하였다.

죽재전보十竹齋箋譜≫(1644)는 그가 각공들과 긴 시간동안 기술적인 부분을 연구하고 남경의 서화 명인들과 협력하여 탄생시킨 것이다. 정가각程家珏의 ≪문외우록門外偶錄≫에 기록된 것에 의하면, 십죽재 서방에서는 늘 각공刻工 십여 명이 있었는데, 호씨가 이들을 단순한 기능인으로 대우하지 않고 십년을 하루 같이 밤낮으로 함께 조판인쇄 기술을 연구하였으며 여러 우수한 각공들의 판각기술도 날로 정교해졌다고 한다.[41] 그리하여 천계 6년(1626) 오발상吳發祥이 ≪나헌변고전보蘿軒變古箋譜≫에서 처음 시도한 '두판餖版'과 '공화拱花' 기법을 더욱 발전시켜 정착시켰다. ≪십죽재서화보≫에서 사용된 '두판' 채색인쇄는 분판분색에 의한 다색 중쇄 기법으로, 앞서 간행된 휘주 정군방程君房의≪정씨묵원程氏墨苑≫이 분판하지 않고 한 판에 여러 가지 색을 칠하여 한꺼번에 찍어 낸 일투(一套) 인쇄였던 것에 비해 훨씬 진보된 기법이라 할 수 있다. 또한 미묘한 색조와 농담의 변화에 의한 그라데이션gradation 효과는 수작업 인쇄의 판화로만 가능한 섬세하고 아름다운 화면을 창출해내고 있다. 이것은 전통적인 인쇄 방법과 도구를 활용할 뿐만 아니라 각기 다른 손가락이나 손톱으로 누르거나 문지르는 등의 새로운 인쇄 수법을 도입하여 미묘한 예술적 효과를 이끌어낸 것이다. 또한 ≪십죽재전보≫에서는 모티프에 색을 쓰지 않고 그 형태에 입체감이 나도록 도드라지게 압인하는 '공화'기법을 사용하여 한층 세련된 모습을 보여주었다.[42]

전 18권으로 이루어진 화조죽석花鳥竹石 화집인 ≪십죽재서화보≫는 고대 유명 화가의 그림을 담은 화보들과는 달리 동시대 화가 및 자신의 그림에 대부분 의거하여 판화로 구성한 복제화집이라는 점에서 특이하다.

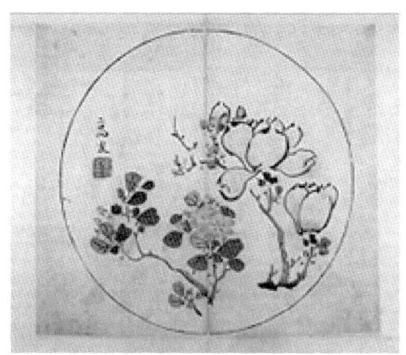
【그림 5】 호정언 ≪십죽재서화보≫

　‘난보蘭譜’의 첫 페이지에 "호왈종胡曰従(호정언) 집선輯選, 고양高陽, 능운한凌雲翰, 오사관吳士冠, 위지황魏之璜, 위지극魏之克, 호가지胡家智, 고우高友 및 행일화상行一和尙 동교同校"라고 한 것에서도 알 수 있듯이, 호정언은 당시 남경의 서화 명인들의 도움으로 이 화보를 만들었다. 그러나 그는 이러한 작업을 통해 직간접적으로 이들의 작품을 높이 평가하여 알리는 후원인으로서의 역할을 한 것이고, 또한 회화 입문자들에게 지침이 되는 훌륭한 교재를 보급하는 데 큰 역할을 하였다고 할 수 있다.

　남경의 소설 출판은 희곡 출판에 비하면 규모가 작았지만 그래도 통속소설의 번영에 일조하였다고 할 수 있다. 주왈교周曰校의 만권루萬卷樓에서는 10여 종의 소설을 간행하였는데 그 중 유명한 것은 현대의 통속 잡지와 비슷한 소설합간집小說合刊集인 ≪국색천향國色天香≫이다. 상·하두 부분으로 나뉘어 상단은 시詩·사詞·부賦 또는 상소문, 판결문 등의 잡록雜錄으로, 하단은 7편의 중편 문언소설文言小說로 이루어져 있다. 현존하는 가장 오래된 ‘통속유서通俗類書’로서, 독자들의 오락 수요에 부응하여 이윤을 추구하려던 목적이 농후하지만, 단행본으로는 거의 출판되지 않은 중편소설을 보존하는 데 있어 큰 역할을 하였으므로 중국 소설 사상 큰 의의가 있다고 하겠다. 또한 주왈교는 만력 을미년(1595) 장원壯元인 주지번朱之蕃에게 ≪삼교개미귀정연의三敎開迷歸正演義≫의 서序를 부탁하는 등 문인 계층의 명망에 기대어 소설 판매 촉진을 꾀하였고, 방여호方汝浩와 같이 과거에 급제하지 못한 하층 문인을 독려하여 ≪신편소매돈륜동도기新編掃魅敦倫東度記≫ 등의 소설을 출판하였다. 생계를 위해 매문賣文을 하는 하층문인이 많아짐에 따라 서방에 고용되어 과거 입시용 선집을 편집하거나 소설을 짓는 문인들도 늘어났지만,x) 송리화朱莉華가 지적하였듯이 이들 문인들이 서방주를 지칭할 때 '우인友人', '방우坊友'라고 하는 것으로 보아 비공식적으로 서방에 초빙되어 서방주와 협력자 또는 친구의 관계로 출판에 참여하였다고 볼 수 있다.43) 이러한 경우 서방주는 형편이 어려운 문인들을 지원하는 동시에 소설의 지위를 격상시켜 보다 넓은 독자층을 형성하게 하는 역할을 하였다.

이상, 남경에서 출판 상황을 살펴본 결과, 명대 초기 수도로서 황실과 정부의 출판 사업을 비롯하여 개인 각서가의 활약이 두드러졌는데, 특히 희곡 출판과 삽화, 화보 출판에 있어 뛰어난 모습을 보였으며 각서가 개인적인 의지와 화가, 각공, 문인에 대한 후원이 보다 예술적이고 고급화된 출판물을 낳았다고 할 수 있다.

---

x) ≪儒林外史≫ 제13회에 등장하는 馬純上(馬二先生)의 경우도 書坊에 고용되어 과거입시용 선집을 편집한다. 이는 비록 허구의 인물이지만 ≪유림외사≫의 내용과 인물을 당시 지식인들의 군상을 표현하고 있다는 점에서 당시 강남 문인의 한 모습을 대변한다고 할 수 있다.

2.2. 소주 및 그 주변지역

소주蘇州를 중심으로 한 주변 도시들은 강남 문인들의 주요 활동 무대로서 명청대 출판사상 정통 문인 문화의 정수를 보여주는 많은 문집과 총집의 출판, 교감을 통한 정밀한 판본으로 유명하다. 엽덕휘葉德輝의 ≪서림청화書林淸話≫ 권5 <명인 각서 중의 정품(明人刻書之精品)>에서는 이 지역의 각서업과 관련하여 원경袁褧의 '가취당嘉趣堂'과 모진毛晉의 '급고각汲古閣'에서 간행한 서적이 훌륭하다고 지적하였다. 앞에서도 언급하였듯이 강남지역에 장서가들의 장서열풍이 대단하였는데, ≪장서기요藏書紀要≫에 의하면 소주부蘇州府의 오현吳縣, 장주현長洲縣, 상숙현常熟縣, 우산虞山, 곤산昆山, 절중浙中의 가흥嘉興, 호주湖州, 항주杭州, 영파寧波, 소흥紹興에 가장 많았다고 한다. 그 중 특히 상숙현의 장서열은 명말부터 청대 중기까지 이어지며 그 지방의 특별한 전통이 되었고, 지방지인 ≪광서중수상소합지光緒重修常昭合志≫ 권32에는 '장서가藏書家'류가 따로 분류되어 기록될 정도였다.[44]

상숙常熟의 모진毛晉이나 오현吳縣의 원경袁褧, 장주長洲의 고대유顧大有 등은 모두 장서가 겸 각서가로 전 재산을 아낌없이 투자하여 전국의 진귀하고 좋은 판본을 고가高價로 사들였으며 또한 우수한 각공들을 데리고 판각하였다. 당시 민간에서 '세상의 모든 장사 중 모씨에게 책을 파는 것 만한 것이 없다(三百六十行生意, 不如鬻書於毛氏)'는 말이 떠돌 정도로 모진은 선본善本을 가져오는 자에게 후하게 값을 쳐주었고,[45] 그의 서방에는 20명의 명각공들이 서적 간행에 참여하였으며 소장한 서판書板

이 십만 장을 넘었지만, 출판에 대한 열정은 식을 줄을 몰랐다. 주영기周榮起 등의 명사를 초빙하거나 모씨毛氏 부자父子가 직접 교감에 참여하며 명말 청초 40여 년간 모두 600종이 넘는 책을 간행하였는데, 정밀한 교감과 아름다운 판각으로 세칭 '모각본毛刻本'으로 불리며 칭송을 받았다.

원경袁褧이 번각한 송본宋本 ≪육신주문선六臣注文選≫은 주자周慈가 글씨를 쓰고, 이청李淸, 이경李經, 이택李澤 등의 명각공들이 판각하여 16년의 시간이 걸릴 끝에 완성되었다.[46] 고기경顧起經, 기륜起綸 형제의 '기자재奇字齋'에서 판각한 ≪유전당왕우승시집類箋唐王右丞詩集≫의 경우, 판심版心의 상단에는 글자 수를 적고 하단에는 각공의 이름을 적어 놓는 등 당시의 판각 규모를 예상할 수 있는 좋은 자료를 제공하고 있다. 이에 따르면, 고씨 형제는 약 5개월 동안 진연학陳延鶴, 황희수黃姬水 등 19명의 학자를 초빙하여 교감작업을 하였다. 또, 오응룡吳應龍, 진정상陳廷相 등 3명이 글씨를 쓰고, 명각공 이환李煥, 왕호王浩 등 24명이 판각하였으며 유환劉歡, 양금楊金 등 3명이 장정을 하여 이를 간행하였다. 사실 이러한 출판 행위는 이윤을 바라고 행한 것이 아니다. 이들 문인들은 문화적 사명감에 의해 오히려 개인 재산을 쏟아 부으며 심혈을 기울인 것이다. 또한 이들에 의해 판각된 서적들은 소주의 서상書商들을 통해 서적시장에 유통되어 소주가 가장 수준 높고 거대한 판각과 서적 유통지가될 수 있도록 하였다.

이 외에도 많은 개인 장서가 겸 각서가들이 이들과 유사하게 정성을 기울여 출판 사업을 하였는데 여기에서 지적하고 싶은 것이 두 가지가 있다. 하나는 교감이나 책의 추천, 또는 출판에 관한 아이디어 제공의 역할을 하는 여러 문인과 그러한 문인을 후원하는 각서가(장서가)의 관계이고, 다른 하나는 각공에 대한 배려 문제이다.

우선, 희곡작가이자 장서가, 각서가인 장주長洲의 허자창許自昌(1578~1623)을 예로 들자면, 그는 회시會試에서 네 차례나 낙방한 후 30세가 되어 부친이 관官에 기부를 한 덕에 문화전文華殿 중서사인中書舍人이 되었다. 그러나 곧 다시 고향에 돌아와 거금을 들여 '매화서梅花墅'라는 정원을 지어 부모님을 모셨고, 그곳에서 시를 짓고 희곡을 지으며 극단[家班]을 양성하였다. 그리하여 이곳은 장주를 방문하는 문인들에게 매우 매력적인 장소가 되었으며, 허자창은 이곳의 득한당得閑堂에 종성鍾惺, 문징명文徵明, 동기창董其昌, 진자룡陳子龍, 진계유陳繼儒 등의 문화 명사들을 초청하여 교유하였는데, 이들이 남긴 시문으로 인해 이곳은 더욱 유명해졌다.[47] 허자창은 또한 이들로부터 출판에 관한 아이디어를 제공 받았다. 사돈지간이기도 했던 진계유의 권유로 당대唐代 시인詩人 육구몽陸龜蒙과 피일류皮日休 사이의 화답시를 출판하였고, 또 진계유와 함께 왕세정王世貞의 ≪독서후讀書後≫를 편집 간행하였다. 한편, 생계를 위하여 이지李贄의 이름에 가탁하여 비점본評點本을 출판을 하였던 직업작가 엽주葉晝를 후원하여 그가 편집한 글을 그 자신의 이름으로 출판해주었다.[48] 이러한 점에서 허자창은 장서가이자 각서가로서 다른 문인들의 문예활동을 지원해 주고 이들의 문예취향에 일정정도 영향을 받아 출판을 기획한 문예출판의 후원인이라고 말할 수 있을 것이다.

명대 각공들의 임금이 저렴한 덕에 출판이 활성화되었지만, 명·청대 전체적인 각공의 지위와 보수 수준은 매우 낮은 편이었다. 그러나 안목 있는 각서가들이 자신이 출판한 책의 가치를 높이기 위해서 실력 있고 이름난 각공들을 찾아 판각을 맡겼던 사실 또한 쉽게 찾아 볼 수 있다.

당시의 명각공들은 자신을 부르는 곳에 응하여 여러 도시를 이동하며 활동하였는데 대표적인 각공으로는 휘주 출신의 황씨 각공들을 들 수 있다. 각서업이 활발해지면서 정교한 판본으로 출판시장에서 경쟁력을 갖추기 위해서는 솜씨 좋은 각공이 반드시 필요했으므로 이들에 대한 대우는 일반적인 기술자 수준의 각공과는 분명히 차등이 존재하였을 것이다.[49] 자세한 자료가 남아 있지 않아 확인하기는 어렵지만, 만력 40년(1612) ≪경산장徑山藏≫의 ≪경률이상經律異相≫을 간행하면서 매 권 뒤에 적어 놓은 각공들의 임금을 비교해 보면, 일반적으로는 매 1,000자 당 평균 0.5량의 임금을 받는 가운데 유독 유방승劉邦承만은 매 1,000자 당 0.55량을 받았는데 이는 아마도 유방승의 기술이 좋았기 때문인 것으로 추측할 수 있다.[50] 즉, 각서가와 각공의 관계는 기본적으로 고용 계약 관계였으나 각서가의 각공에 대한 투자도 출판문화를 발전시키는 데 큰 역할을 하였다고 할 수 있겠다.

소주의 서방 역시 특정 가문을 중심으로 번성하였다. 그 중 엽씨葉氏와 진씨陳氏가 유명하다. 엽계원葉啓元의 옥하재玉夏齋에서는 ≪옥하재전기玉夏齋傳奇≫ 10종을 간행하였고 엽곤지葉昆池의 능원거能遠居에서는 ≪옥명당비점남북송전玉茗堂批點南北宋傳≫을, 엽경지葉敬池는 풍몽룡馮夢龍의 ≪성세항언醒世恒言≫과 천연치수天然癡叟의 ≪석점두石點頭≫를 간행하는 등 소설과 희곡 출판을 주로 하였다. 풍몽룡馮夢龍(1574~1646)은 백화단편소설집 '삼언三言'(≪유세명언喩世明言≫, ≪경세통언警世通言≫, ≪성세항언醒世恒言≫)과 민간가요 ≪괘지아挂枝兒≫, ≪산가山歌≫ 등을 편집한 통속작가로서 널리 알려졌는데, 당시의 기록을 살펴보면 풍몽룡과 당시 소주 지역 서방주 사이에는 서로 협력관계가 존재하였던 듯하다. ≪수상

고금소설繡像古今小說≫서序에 의하면, 풍몽룡이 ≪고금소설古今小說≫을 편집한 것은 '상인의 청'에 의한 것이었다.

> 집에 소장하고 있는 고금통속소설이 매우 많아 상인의 청으로 사람들의 귀에 도움이
> 될 만한 것을 뽑은 것이 모두 40종인데, 이를 주어 간각하게 하였다.
> 家藏古今通俗小說甚富, 因賈人之請, 抽其可以嘉惠里耳者, 凡四十種, 畀爲一
> 刻.51)

시장의 서상들은 서적 시장에서의 판매 경쟁에서 우위를 차지하기 위해 문인인 풍몽룡에게 소설 편집을 의뢰하였고, 풍몽룡 또한 시장의 요구를 정확히 파악하여 편집하였을 뿐만 아니라 자신의 작품을 효과적으로 광고하여 출판시장에 자신에 대한 인지도를 높였다. 이러한 현상은 '이박二拍'을 편집한 능몽초凌濛初에게서도 찾아볼 수 있다.

【그림 6】 金閶 葉敬池刊本 ≪醒世恒言≫ 40권

상인들이 그것들(풍몽룡의 ≪유세명언喩世明言≫ 등)이 세상에 아주 빨리 유행하는 것을 보고, 나에게 분명 비밀리에 소장한 책이 있으리라 여겨서 꺼내 출판하자고 했다. …이에 고금의 잡다하고 자잘한 일들 가운데 보고 듣는 이들에게 신선함을 주고 우스갯소리를 하는 데에 도움이 될 만한 것을 취해 상세히 설명하고 문장을 유창하게 하여 몇 권으로 만들었다.

肆中人見其行世頗捷, 意余當別有秘本, 圖出而衡之……因取古今來雜碎事, 可新聽睹, 佐詼諧者, 演而暢之, 得若干卷.[52]

    상업적인 전략 하의 서방주와 통속문예작가의 상호협력 관계는 명말 출판시장의 보편적인 현상이었던 것으로 파악할 수 있으며, 이러한 상호협력 관계를 통해 통속문예 출판이 더욱 활성화되었음을 알 수 있다.

이상 소주 및 그 주변지역의 출판 상황을 살펴본 결과 다음과 같은 특징을 알 수 있다. ① 각서의 질을 매우 중시하였다는 점이다. 문인들은 학술적 가치가 높은 서적을 간행하고자 선본을 구입하고 교감에 철저하였으며, 솜씨 좋은 각공을 다투어 초빙하여 정교한 판각에 힘썼다. 여기에서 장서가들의 문화 후원 행위가 적극적인 작용을 하였다. ② 통속문예 출판도 활발하였는데 남경에 비해 희곡보다는 소설 출판이 좀 더 활발하였다. 또한 문인文人과 서상書商간의 협력관계는 독자들의 구미에 맞는 서적들을 출판함으로써 이윤을 추구하는 동시에 문예출판을 더욱 활성화시켰으므로 이것도 문예출판에 대한 간접적인 후원 효과라고 할 수 있을 것이다.

2.3. 항주 및 그 주변지역

송대에 항주杭州는 출판으로 이미 유명한 곳이었지만 명대 홍무洪武 8년(1375) 주원장이 항주에 보관되어 있던 송원 서적의 서판書版 20여만 편片을 남경으로 옮겨버린 후 항주의 각서업은 큰 타격을 입게 된다. 그래서 출판 중심지로서의 항주의 지위는 명초에 이미 남경이나 소주 등지로 넘어가게 되지만 소설 출판에 있어서는 새로운 국면을 맞이한다. 항주와 호주에서 간행된 소설은 질적으로 매우 우수하였다. 이는 이전 시대부터 누적된 출판 경험과 기술을 기반으로 각서의 고수들이 많았기 때문이다. 항주에서 가장 유명한 각공인 항남주項南洲는 소설, 희곡을 많이 판각하였는데 그 솜씨가 아주 정교하고 뛰어났다. 또한 인근의 호주湖州(吳興)의 출판기술이 비약적으로 발전하여 대량의 채색인쇄본을 출판하게 된다.

항주杭州의 유명한 서방書坊으로는 역시 삽화본 희곡과 소설 출판으로 유명한 '용여당容與堂'을 들 수 있다. 용여당에서 간행한 주요 서적으로는 ≪이탁오선생비평충의수호전李卓吾先生批評忠義水滸傳≫, ≪이탁오선생비평비파기李卓吾先生批評琵琶記≫, ≪이탁오선생비평북서상기李卓吾先生批評北西廂記≫, ≪이탁오선생비평완사기李卓吾先生批評浣紗記≫ 등이 있으며 서명에 '이탁오선생비평李卓吾先生批評'이 들어가 있는 것이 특징적이다. 명말의 이단아로서 유명한 이지의 이름을 빌어 평점을 가함으로써 독자들의 효과적인 독서를 유도함과 동시에 판매고를 높일 수 있었으므로, 이는 고도의 판매 전략의 산물이라고 할 수 있다. 또 용여당에서도 휘주 각공들을 초빙하여 판각하였고, 실제로 많은 삽화가 명각공 황응광黃應光의 손으로 이루어졌다. 명각공 이외에도 진홍수陳洪綬, 오희吳熹, 하영何英 등 지명도 있는 많은 화가들이 작업에 참여하여 삽화본의 수준을 높여주었다. 용여당 간본 ≪이탁오선생비평충의수호전≫에는 매 회 두 폭씩 전체 200폭의 삽화가 있는데 선이 뚜렷하며 단순하면서도 명료한 인물형상이 특징이다.

항주 지역 각서가는 대부분 엄격한 태도로 세심하게 교감 작업을 하였다. 예를 들면 ≪수호전≫의 경우, 각지의 서방에서 다투어 간행하였는데 용여당본이 그 중 판각이 가장 정밀하고 우아한 것으로 인정받고 널리 유행하였다.

상인 집안 출신 포정박鮑廷博은 장서가 겸 각서가로 유명하다. 집안 대대로 염업鹽業과 야업冶業에 종사하였으며 포정박은 여러 번 과거시험에 실패한 후 만년에 항주에서 장서를 모으고 각서 활동을 하였다. 그와 그의 아들 포사공鮑士恭이 50여년에 걸쳐 판각한 ≪지부족재총서知不足齋叢書≫는 전체 30집 208종 823권으로, 고서를 많이 모으고 교감을 세심하게 한 것으로 평가 받고 있다. 이 총서는 장서가들이 가지고 있던 아직 판각되지 않은 초사본과 포정박 자신의 장서 외에 절강 일대 장서가들의 귀중본을 구해 판각하였다. 당시 다른 서상書商들도 여러 책을 모아 총서를 간행하는 일이 많

【그림 7】 容與堂刊本 ≪忠義水滸傳≫

았는데, 이들의 폐단 중 하나는 옛 책을 마음대로 가감하고 수정하여 본 모습을 훼손시켰다는 점이다. 포정박은 이러한 폐단에서 벗어나 서적들을 완전하게 보존시켰다. 포정박의 이러한 작업은 고적을 정리, 보존한다는 명확한 문화적 사명감이 없이는 행하기 어려운 것이라고 할 수 있다. 또한 포정박은 당시 고본稿本과 주설재초본鑄雪齋抄本으로 떠돌던 ≪요재지이聊齋志異≫를 조기고趙起杲와 함께 합각하였는데 포정박이 그 경비를 대 주었다. 포정박 덕분에 청대 문언소설의 최고봉으로 일컬어지는 ≪요재지이≫가 세상에 판각되어 나왔으며 이로써 ≪요재지이≫가 보다 널리 읽힐 수 있게 된 것이다.

이외에도 이 지역에서 간행된 총서가 많은데, 호진형胡震亨의 ≪비책휘

함秘冊彙函≫, 호문환胡文煥의 ≪격치총서格致叢書≫ 등이 유명하다. 휘주 흡현 출신인 호문환은 항주에서 '문회당文會堂'을 열고 수백 종에 달하는 서적을 출판하였다. 그가 간행한 ≪격치총서≫ 329종은 판각 솜씨가 훌륭하고 비책秘冊들을 많이 수록하여 문학적 가치가 크다. 비록 기존의 책을 약간 변형시켜 마치 새로운 책인 양 선전하며 이윤을 쫓는 민간 서방주의 악습을 보이는 면도 있지만 그 안에 진귀한 자료들을 보존하여 전파한 면에서는 일정한 공헌을 하였다.

명말청초 서방주와 작가가 밀접한 협력 관계에 있었음은 앞서 지적하였다. 항주를 비롯한 절강지역의 서방주와 작가들 사이에도 이러한 긴밀한 관계가 형성되어 있었는데, 어떤 경우는 서방주 자신이 다재다능한 문인이었다. 가정연간 홍편洪楩은 '청평산당靑平山堂'이라는 명의로 ≪이견지夷堅志≫ 등 많은 서적을 간행하였고 동시에 ≪육십가소설六十家小說≫을 편집 간행하였다. 이 책은 6집으로 구성되어 있고 수집 범위가 넓으며 분류가 합리적이라고 평가 받는다. 또 다른 서방주 육운룡陸雲龍도 서방을 경영하며 직접 소설을 창작하였다. 그가 창작한 ≪위충현소설척간서魏忠賢小說斥奸書≫는 독자들에게 인기가 좋았으며 출판의 질적 수준도 높았다. 원래 각본에 삽화와 방비旁批, 미비尾批, 회평回評이 갖춰져 있으며 글씨도 반듯하고 인쇄 상태도 좋아서 명대 판각된 소설 중 상품上品으로 여겨진다. 육운룡은 이 소설의 창작과 간행에 성공을 거둔 후 자신의 아우인 육인룡陸人龍을 이러한 시사소설時事小說 창작 대열에 합류시킨다.

또한 산음山陰 출신의 유명한 장서가 기승업祁承爍(1562~1628)과 유석계鈕石溪 등은 자신의 만족을 위해 책을 소장하는 것을 넘어서서 다른 이들에게 기꺼이 가치 있는 자료를 제공하였다. 회계會稽 사람 상준商濬이 편찬한 대형 총서인 ≪패해稗海≫은 바로 유석계가 자신의 장서루인 세학루世學樓에 소장된 패사, 소설 등을 제공한 덕에 세상에 나올 수 있었다.

능몽초의 경우, 좋은 판본을 구하기 위해 자신의 인적 네트워크를 잘 활용하였는데, 종성鍾惺을 만나기 위해 북경에 갔을 때 친구가 보여준 ≪시경≫ 평점본을 가지고 돌아와 판각하기도 하고, 자신에게 성원을 보내는 문인 풍몽정馮夢禎(1546~1605)과 교류하며 서적 정보를 교환하기도 하였다. 이와 같이 서방주와 장서가, 작자 사이는 가족이나 친구 혹은 동향인의 관계로 서로 간의 이해와 소통, 협력이 원활하게 이루어졌음을 알 수 있다.

오흥吳興(호주湖州) 지역 출판의 가장 큰 특징은 채색인쇄 서적[套印本]의 간행이다. 남경의 호정언胡正言과 다른 점은 화보畫譜가 아닌 비평본批評本 서적에 채색인쇄를 가했다는 것으로, 민씨閔氏와 능씨凌氏 두 가문을 중심으로 행해졌다. 민씨 가문의 '송균관松筠館'에서 각서에 참여한 이들로는 민제급閔齊伋, 제화齊華, 영벽映壁, 영장映張, 소명昭明, 우침于忱 등 10여 명에 이르며, 이들이 펴낸 책은 그 독특한 풍격으로 인해 '민판閔版'이라고 불렸다. 경사류 서적을 위주로 소설과 희곡 등의 서적을 간행하였으며, 이들의 판각 목적은 주로 학습에 도움을 주고 전적을 보전하는 데에 있었다. 예를 들어 정문正文은 검은색[墨色], 비점批點은 주색(朱色)을 사용한 쌍객雙色 투인본套印本뿐만 아니라 검은색, 주색, 남색(藍色)을 사용한 삼색三色 투인본, 사색四色 투인본 등을xi) 간행하였는데 이러한

---

xi) 민씨가 간행한 ≪楚辭≫는 대표적인 삼색 투인본으로 원문은 墨色, 馮夢禎의 ≪讀騷≫는 朱色, 다른 이들의 평어는 모두 黛色으로 처리하였고, ≪國語≫는 사색 투인본이었다.

채색인쇄본은 원문과 비평을 구분하여 보기에 편리했다. 그리하여 그들은 비용을 아끼지 않고 명각공들을 초빙하여 정교한 투인본을 출판함으로써 중국의 전통 판각 기법 발전에 적지 않은 공헌을 하였다.

능씨凌氏의 '계지관桂芝館'에서 간행한 서적은 '능판凌版'이라 불렸으며 능몽초凌濛初, 영초瀛初, 여형如亨 등 20여 명이 채색인쇄를 계속 발전시켰는데, 그들이 사용한 색의 수나 간행한 서적의 양은 민판閔版을 능가하였다. 사색四色 투인본인 ≪세설신어世說新語≫는 정문正文은 검은 색, 유응등劉應登의 비점은 황색黃色, 유수계劉須溪의 비점은 남색藍色, 왕세무王世懋의 비점은 주색朱色으로 인쇄하여 독자의 눈에 일목요연하게 들어오게 하였다. ≪문심조룡文心雕龍≫의 경우는 오색五色 투인본으로 가장 색을 많이 사용한 판본이다. 민씨, 능씨 양가에서 출판한 투인본은 모두 130여 종에 달하며 화가 왕문형王文衡과 왕문고汪文估, 유승백劉升伯, 황일빈黃一彬 등의 명각공을 청해 판각한 삽화들을 비롯, 비교적 높은 예술적 가치를 지녔다.

이상 항주 및 그 주변지역의 출판 상황을 살펴본 결과 다음과 같은 특징을 알 수 있다. ① 소주지역의 출판상황과 비슷하게 각서의 질을 매우 중시하였다. 소설과 같은 통속문예에 있어서도 교감을 철저히 하였으며, 솜씨 좋은 각공과 화가들을 초빙하여 정교한 판각에 힘썼다. ② 각서가, 장서가와 작가 간의 네트워크와 협력관계는 좋은 판본을 구해 가치 있는 서적들을 출판하는 데 유리하였다. 이들 사이의 후원과 지지는 문예출판의 활성화에 큰 역할을 하였다고 할 수 있을 것이다. ③ 비평본과 채색본이 많이 등장하였는데, 이 또한 출판인들의 판매전략의 일환이라고 할 수 있겠지만, 독자의 학습과 이해를 돕는다는 측면과 채색으로 인한 심미적인 효과를 고려한 각서가의 발상의 전환과 기술에 대한 아낌없는 투자는 긍정적으로 평가할 수 있겠다.

【표 4】 명청시기 항주 및 절강浙江지역에서 간행한 소설목록

書坊	地點	刊刻者	小說名
清平山堂	武林	洪楩	≪六十家小說≫
容與堂	武林		≪水滸傳≫
鴻文堂	杭州		≪南北宋志傳≫
綠珠館	武林		≪唐傳演義≫
人文聚	杭州		≪韓湘子全傳≫
崢霄館	錢塘	陸雲龍	≪魏忠賢小說斥奸書≫ ≪禪真後史≫ ≪通俗演義遼海丹忠錄≫ ≪型世言≫
	吳興	淩性德	≪虞初志≫
	吳興	淩濛初,淩瀛初	≪世說新語≫
	杭州	名山聚	≪劍嘯閣批評出相隋史遺文≫ ≪雲合奇蹤≫≪女開科≫
稽古堂	嘉興	高承埏	≪劇談錄≫
夷白堂	杭州	楊爾曾	≪新鐫海內奇觀≫≪新編東西晉演義≫ ≪新鐫批評出像韓湘子≫
泰和堂	杭州		≪東西晉演義≫
	杭州	爽閣主人	≪禪真逸史≫
筆耕山房	杭州		≪醋葫蘆≫≪宜春香質≫≪弁而釵≫
	杭州	王慎修	≪三遂平妖傳≫
	杭州	山水鄰	≪歡喜冤家≫
	杭州	金衙	≪禪真後史≫
	杭州	本衙	≪鼓掌絶塵≫
	杭州	薇園主人楊某	≪清夜鍾≫
	武林		≪隋唐演義≫

書坊	地點	刊刻者	小說名
文會堂	杭州	胡文煥	《格致叢書》
	錢塘	鍾人傑	《唐宋叢書》《虞初志》
	杭州	何允中	《廣漢魏叢書》
繼錦堂	會稽	商維浚	《稗海》
	海鹽	胡震亨	《秘册彙函》
綿眇閣	秀水	馮夢禎	《大唐新語》
讀書坊	杭州	段景亭	《豔異編》
養和堂	蕭山	王齡	《劍俠傳》
知不足齋	嘉興	鮑廷博	《聊齋志異》

* 參考書目：杜信孚《明代版刻綜錄》, 王淸原等《小說書坊錄》, 陳大康《明代小說史》, 袁行霈等《中國文言小說書目》, 繆詠禾《明代出版史稿》, 葉樹聲等《明淸江南私人刻書史略》 等

2.4. 휘주 및 양주

휘주徽州는 산지로 둘러싸여 있는 분지식 지형으로, 산이 많고 경작지가 적은 반면 목재가 풍부하고 신안강新安江의 수상교통이 편리하여 주민들은 대부분 상업에 의지하여 생활하였다.[53] 목재와 먹 생산지로서의 자연환경과, 휘상들의 활동으로 거둔 경제력, 높은 교육열과 문풍文風으로 높아진 문화소양, 유명한 각공들의 출현 등으로 휘주지역은 출판업을 하기에 좋은 조건을 지니고 명대 가정 연간부터 두각을 나타내기 시작하면서[54] 만력 이후에는 괄목상대할 만한 출판의 중심지가 되었다.

종법宗法 체제가 강력하였던 휘주에서는 직업에도 이러한 경향이 강하여 일족이 하나의 직업을 갖는 특징을 보인다. 그래서 명·청대 휘주 각서업에서는 오씨吳氏, 정씨程氏, 왕씨汪氏, 황씨黃氏 가문의 활약이 컸으며, 이들을 세칭 '휘각사대가족徽刻四大家族'이라고 부른다.[55]

오씨吳氏 가문에서는 오면학吳勉學, 오관吳琯, 오중형吳中珩 등이 유명한데, 이 중 오면학吳勉學의 '사고재師古齋'가 가장 유명하다. 그는 처음에 의서를 판각하여 이익을 얻었으며 이것으로 고금의 전적을 구하여 정밀하게 교감하여 수백 종을 판각하였는데 판각에 든 비용이 십만에 이르렀다.56) 역사적으로 휘주의 의학醫學은 송대宋代부터 발전하기 시작하였고 이와 더불어 실용서로서 '의서醫書'의 간행은 서방에 많은 부를 안겨줄 수 있었다. 그러나 오면학은 여기에 안주하지 않고 ≪의통정맥醫統正脈≫과 같은 의학에 관한 중요한 의서 44종을 모은 대형 총서를 간행하여 중의학의 문헌사상 중요한 공을 세웠으며, 더 나아가 ≪자치통감資治通鑑≫, ≪이십자전서二十子全書≫ 등 권수가 많은 대형 서적들을 간행하여 보급하였으므로 그 문화적 역할이 컸다고 하겠다. 오면학이 판각한 ≪이십자전서二十子全書≫ 중의 ≪장자남화진경莊子南華眞經≫과 ≪초사집주楚辭集注≫ 중의 <이소離騷>에 대해 명말 사조제는 그 판각 솜씨가 정교하여 송대인의 것에 뒤지지 않는다고 칭찬하였다.

정씨程氏의 각서 중에서는 후대 '한위총서漢魏叢書' 시리즈에 영향을 준 정영程榮의 ≪한위총서漢魏叢書≫, 마태오리치의 <세계여지전도世界與地全圖>를 삽입한 정백이程百二의 통속지리서 ≪방여승략方與勝略≫이 유명하다. 정백이는 초굉焦竑, 호응린胡應麟 등과 자주 왕래하였는데, 장서가로 이름난 초굉은 자신의 장서를 정백인에게 빌려주어 편집할 수 있게 해 주었고, 이후 덕분에 정백인은 예술・생활류 총서인 ≪정씨총각程氏叢刻≫을 간행할 수 있었다.

이외에 정씨 가문에서 빼놓을 수 없는 인물이 바로 정군방程君房이다. 그는 서방書坊 '자란당滋蘭堂'에서 채색 인쇄본인 ≪정씨묵원程氏墨苑≫,

≪인문작리人文爵里≫ 등을 간행하여 중국 판화사상 훌륭한 걸작을 탄생시켰다.xii) 화가 정운붕丁雲鵬이 그림을 그리고 명각공 황린黃鏻, 황응태黃應泰, 황일빈黃一彬이 함께 정교하고 아름다운 50폭의 책색도를 판각하였다. 그 가운데에는 서양의 회화기법을 도입한 서양 종교화도 4폭이 포함되어 있는데, 근대 학자 정진탁鄭振鐸도 ≪겁중득서기劫中得書記≫에서 ≪정씨묵원≫을 가리켜 '국보國寶'라고 극찬하고 있다. 그의 영향을 받은 제자 방우로方于魯도 후에 독립하여 ≪방씨묵보方氏墨譜≫를 간행하였다. 정군방은 자신의 가업인 묵업墨業을 번창시키면서 한편으로 천하의 명사들과 교유하며 그들의 시나 그림, 먹 도안 등을 얻었으니 전형적인 사상士商의 모습을 지닌 각서가였다고 할 수 있다.

왕씨汪氏 가문의 각본刻本은 휘주 지역에서 그 수가 가장 많았으며 판각의 질도 아주 우수하였고 명각공도 적지 않게 배출하였다. 유명한 汪氏 각공으로는 왕성보汪成甫, 왕일란汪一鸞, 왕문환汪文宦, 왕충신汪忠信, 왕사형汪士珩 등이 있다. 가장 유명한 각서가로는 ≪한위육조제명가문집漢魏六朝諸名家文集≫을 간행한 왕사현汪士賢과 '대아당大雅堂' 주인 왕도곤汪道昆(1525~1593)을 들 수 있다.

이 중 왕도곤汪道昆은xiii) 염상 가정에서 태어나57) 부유한 경제력을 기반으로 공부에 전념하여 관직에 나간 이로서 휘주 지역의 대표적인 각서

---

xii) 徽州에서 제작된 먹의 테두리에는 도안 장식이 있었는데 화가들에게 먼저 그림을 그리게 하고 그것을 모방하여 제작하였다. 이러한 도안을 인쇄한 것이 '상품광고'식의 '墨譜'로 당시 徽州 墨商들은 대부분 이러한 '墨譜'를 가지고 있었다.

xiii) 왕도곤의 조부 汪玄儀와 부친 汪良彬은 염업에 종사하여 東海와 吳越지역을 다니며 부를 축적하였으며, 부유해진 이후 자식을 공부시켜 입사시킴으로써 가문을 빛내고자한 전형적인 휘상의 모습을 보여주었다. 휘상 가문에서 태어난 왕도곤은 張居正, 王世貞과 함께 과거에 급제하여 정치적으로도 큰 역량을 발휘하였고 당시 상인들의 대변인 역할을 하였다. 그가 남긴 ≪太函集≫은 이러한 역사적 사실을 잘 보여 주고 있으며 徽商研究 자료로서 가치가 높다.

가이다. 그는 명각공 황백부黃伯符를 청하여 삽화본 ≪대아당잡극사종大雅堂雜劇四種≫을 간행하였는데, 이 잡극집에는 자신의 잡극 네 작품과 더불어 서위徐渭의 ≪사성원四聲猿≫이 덧붙여져 있으며 양면 가득히 그려 넣은[兩面大版] 삽화가 수록되어 있다. 이 삽화도 황백부가 판각한 것으로 휘주판화의 백미로 꼽힌다. 이 외에도 구영仇英의 그림을 삽화로 넣은 ≪열녀전烈女傳≫을 간행하였는데 이것 역시 휘파 판화의 대표작이다. 그가 출판한 또 하나의 걸작은 바로 ≪수호전水滸傳≫인데, '천도외신天都外臣'본 ≪수호전≫이 바로 왕도곤의 것으로 ≪수호전≫의 중요한 판본 중 하나이다. 앞서 소개하였던 남경에서 각서업을 한 왕정눌汪廷訥과 왕운붕汪雲鵬은 바로 휘주의 왕씨 일족으로 그들은 고향의 각공들을 초빙하여 정교하고 아름다운 삽화본 서적을 출판한 것이다.

황씨 가문 중에서는 황정위黃正位의 '존생관尊生館', 황덕시黃德時의 '영아재迎雅齋', 황예아黃裔我의 '존성당存誠堂' 등의 서방이 유명하다. 황정위는 만력 37년(1609) 잡극휘편雜劇彙編 ≪양춘주陽春奏≫ 3종 3권을 판각한 것을 비롯, ≪전등신화剪燈新話≫ 4권, ≪전등여화剪燈餘話≫ 4권, ≪비파기琵琶記≫ 2권, ≪우초지虞初志≫ 7권 등 희곡과 소설 출판이 두드러진다. 또한 가장 언급할만한 이들은 휘주 규촌虯村 황씨黃氏 각공들이다. 휘주는 역사적으로 건축에 있어서 조각 예술이 발달하였는데 이러한 환경적 요인으로 인해 손재주가 뛰어난 각공들이 많이 배출되었다. ≪황씨종보黃氏宗譜≫에 의하면, 명 정통正統 연간(1436~1449)에서 청 도광道光 12년(1832)까지 약 400년 동안 이름을 알 수 있는 각공이 삼사백 명에 이른다. 이 가운데 삽화를 그릴 수 있는 이가 100명, 목각예술가로 칭해질 만한 이는 30여 명이나 되었고, 명각공들은 전국 각지로 초청되어 활동하였다. 정진탁鄭振鐸은 ≪중국판각도록中國版刻圖錄≫<서序>에서 어떠한 그림이든지 일단 황씨의 수중에 들어가면, 교묘한 기술로 화가의 정신을 손상시키지 않았으며, 때로는 스스로 안배하여 그림을 그리기도 하였다고 칭송하였다. 이들의 정교한 판각 솜씨는 건안建安이나 남경과는 다른 특유의 휘주 판화를 발전시켰다. 계란형에 가까운 얼굴에 완만한 산 모양의 호를 그리며 미소 짓는 가는 눈을 가진 전형적인 인물상과 세련되면서도 편안한 느낌을 주는 둥글고 너그러운 인물상, 치밀한 배경묘사가 특징인 휘주 판화의 등장은 거칠고 단순명료한 복건의 판화와 소박하고 커다란 인물 위주의 남경 판화에 큰 반향을 일으키며 중국 판화사의 큰 전환점을 가져왔으며, 만력 연간 이후 판화계를 완전히 장악하게 된다. 그들이 판각한 유명한 삽화본 도서로는 황응광黃應光의 ≪집악부선춘集樂府先春≫, ≪서문장비평북서상기徐文長批評北西廂記≫, 황일해黃一楷의 ≪북서상기北西廂記≫, 황일빈黃一彬의 ≪서상오극西廂五劇≫, 황응태黃應泰의 ≪좌은도坐隱圖≫, 황응조黃應組의 ≪인경양추人鏡陽秋≫, 황일봉黃一鳳, 황응순黃應淳, 황상보黃翔甫, 황단보黃端甫가 합각한 ≪모란정기牡丹亭記≫, 황응의黃應義의 ≪원중랑선생전집袁中郎先生全集≫ 등이 있다. 이렇듯 황씨 각공들이 판화계에 영향을 미치며 대대손손 번성할 수 있었던 까닭은 출판시장에서의 이들에 대한 수요가 끊이지 않았기 때문이기도 하지만 가문 내에서도 그 요인을 찾을 수 있다. 즉, 황씨 가문에서는 한 집에 아들이 둘 있으면 한 아들은 마땅히 각서의 기예를 익혀야 하며, 만약 그가 가업을 이을 수 있게 되면 밭 10무畝 중 1무를 종족에 헌납하여 각공이 쓸 기금으로 준비해 둔다는 규약이 있었던 것이다.[58] 이러한 가문 내에서의 각공에 대한 후원은 장인정신을 지닌 훌륭한 각공

양성에 큰 역할을 했다고 할 수 있겠다.

　명·청대 최대의 상업도시로서 양주揚州는 황제의 재정에 중대한 이해
관계를 가지고 있었을 뿐만 아니라 상인·신사·지식인층을 비롯한 외
래 인구의 유동이 많고 황제·관료·상인 등의 후원을 통한 문화 활동
도 매우 활발하였다.[59] 특히 양주의 번영은 염업鹽業으로부터 왔다는 말
이 있듯이, 염업으로부터 이룬 물질적 풍요를 바탕으로 각계 명사와 상
인들의 문화활동이 활발해졌고 이로써 양주는 상업과 문화가 결합된 문
화소비도시로 성장할 수 있었다. 이러한 배경 하에 청대 양주의 조판인쇄
도 크게 발전하여 전성기를 이루게 된다. ≪양주각서고揚州刻書考≫에 수
록된 고금의 양주지역 각서가刻書家는 거의 900여 가家에 이르고, 출판된
서적은 2,000여 종, 10만 권 이상인데, 이 중 청대에 출판된 서적이 80%
를 차지하고 있다.[60]

　강희康熙 44年(1705) 강희제는 양회순염어사兩淮巡鹽御使 조인曹寅에게
양주시국揚州詩局을 설립하여 ≪전당시全唐詩≫를 판각하라고 명한다. 그
리하여 조인曹寅의 감독 하에 3,000권이나 되는 방대한 양의 판각이 시
작되었는데 그 경비는 모두 염상들이 지불하였다. 서적 판각에 막대한
자본이 필요하다는 것을 인식했던 강희제는 재력의 뒷받침이 탄탄한 염
상을 관리하는 기구에 그 책임을 맡겼던 것이다. 양주의 관각官刻은 양주
시국揚州詩局, 양주서국揚州書局, 회남서국淮南書局의 3대 관서국官書局 외
에 양회염정관서兩淮鹽政官署와 양회염정관원兩淮鹽政官員의 각본刻本도 매
우 많았는데 기본적으로 경비는 '염운고鹽運庫'에서 지불되는 것이었지만
실제적으로는 양주 염상들이 지불한 것으로, 염상의 후원이 없었다면 질
좋은 양주 관각본들은 나올 수 없었을 것이다.

양주에서는 또한 염상들의 개인적인 후원에 의해[61] 저명한 학자들의 학술 서적들이 판각되는 경우가 많았는데, 소영롱산관小玲瓏山館 주인인 마왈관馬曰琯, 마왈로馬曰璐 형제가 그 중 가장 유명하다. 마씨 형제는 십여 만 권의 장서를 지닌 대 장서가로 귀중한 판본을 보면 거금을 들여 구매하고, 세상사람 중에 보기를 원하는 자가 있으면 많은 돈이라도 아끼지 않고 출판하였다.[62] 뿐만 아니라 건륭 연간 ≪사고전서四庫全書≫ 편찬 시, 자신의 장서 중 776종을 헌납하기도 하였다. 또한 출판할 여력이 되지 않는 문인들의 저서를 기꺼이 출판해주었는데, 전당錢塘의 학자 여악厲鶚이 오랫동안 마씨 집에 머물며 마씨의 장서를 이용하여 ≪송시기사宋詩紀事≫를 완성하자 이를 출판해 주었고, 오흥吳興의 요세옥姚世鈺이 양주에서 객사하자 그의 유작遺作 ≪연화장집蓮花莊集≫을 판각해주었으며, 청초 주이준朱彛尊이 지은 ≪경의고經義考≫ 300권을 그 후인들이 출판할 형편이 되지 못하자 천금을 아끼지 않고 출판해주었다. 이밖에도 자신의 정원에서 문인들을 모아 시문회詩文會를 열어 글이 완성되면 바로 출판하여 성 안의 사람들이 모두 볼 수 있도록 해주었다.[63] ≪한강아집邗江雅集≫ 12권 및 ≪임옥창수록林屋唱酬錄≫ 1권 등이 바로 시주문회詩酒文會 이후 출판된 것들이다. 즉, 마씨 형제의 경우 풍부한 재력을 바탕으로 문인들의 저술과 출판을 후원했을 뿐만 아니라 문인 담론의 장을 제공하여 여러 사람들이 그들의 문화를 공유할 수 있도록 주도적인 역할을 담당했다고 할 수 있다.

또한 염상鹽商들은 권수가 많아 판각 비용이 많이 드는 총서류叢書類 간행에 기꺼이 참여하였는데 황성黃晟은 ≪태평광기太平廣記≫와 ≪삼재도회三才圖會≫ 등을, 포숭성鮑崇城은 ≪태평어람太平御覽≫ 등을 간행하였다. 장조張潮는 ≪소대총서昭代叢書≫를 간행하였는데 그 내용은 거의 청초 한정閑情 소품小品들로 청초 명가 소품 중에 이 책에만 수록되어 전해지는 것이 제법 많기에 그 가치가 매우 크다. 그는 폭넓은 교유관계를 통해 서적이나 작품을 수집하였으며, 명말청초에 창작된 문언소설을 모은 ≪우초신지虞初新志≫도 같은 방법으로 간행되었다. 새로운 것과 기이한 것을 추구하는 당시의 풍조에 편승하면서도 전적을 전파하고 문화를 선전하는 데에 간행 목적을 두었다는 점은 주목할 만하다.

이외에 금석金石 서화書畵를 많이 수장하고 간행한 포지도鮑志道 부자와 책을 좋아하여 값에 구애받지 않고 모두 구매하여 소장한 도서가 오만 권에 이르는 대 장서가이자 각서가였던 정진방程晉芳을 들 수 있다. 특히 정진방은 명사들과 두루 교유하며 도움이 필요한 사람들을 적극적으로 도왔기에 '어문선생魚門先生(정진방의 자字)이 죽은 후 선비들이 갈 곳이 없다(自魚門先生死, 士無走處)'라는 말이 전해졌을 정도였으며, ≪유림외사≫를 처음으로 간행한 것으로도 유명하다.

한편, 일반 문인 학자들의 각본의 경우, 역시 교감에 철저하고, 명각공을 불러 판각하는 경우가 많았으나, 여기에 더하여 단순한 인쇄체가 아닌 회화명가書畵名家의 글씨체로 판각하는 경우가 종종 있었다. 예를 들면, 강희 연간 화가 석도石濤는 ≪화보畵譜≫를 간행할 때 손수 자신이 글씨를 써서 판각하였고, 건륭 연간 정섭鄭燮은 문고文膏에게 글씨를 부탁하여 ≪판교집板橋集≫을 간행하였다.

이상 정리해보면, 휘주의 경우는 지역적 특징 즉 자연환경과 전통이 출판에 큰 영향을 미쳤던 것으로 보인다. 신안新安 의학의 전통에서 의서 출판으로 성장한 오씨 가문, 먹 생산지로부터 묵상墨商을 겸한 정씨 가문, 성공한 휘상으로 타지에 진출하여 출판업에 공헌한 왕씨 가문, 전통 건축 조각 예술 전통과 통하는 휘파 판화의 명각공들을 배출한 황씨 가문의 활약이 휘주 출판의 특징적인 모습이라고 할 수 있으며, 가문의 후원 또한 출판문화에 기여하였음을 알 수 있다. 그리고 양주에서는 휘주 염상들이 진출하여 풍부한 재력을 바탕으로 유상儒商을 추구하면서 문인들의 문화를 즐기고 후원하였다는 특징을 찾아 볼 수 있다.

한편, 각서가로서 휘상은 그 출판 목적에 따라 대체로 세 가지 유형으로 나눌 수 있겠다. 첫째, 영리를 주요 목적으로 하는 경우이다. 이는 주로 각공 출신에서 발전하여 서방을 경영하는 상인이 된 경우로 휘주 지역의 황씨 가문의 서방이 대표적이다. 둘째, 영리와 명예를 동시에 추구하는 경우이다. 즉, 다른 사업에 종사하면서 겸하여 각서업을 하는 것으로, 오면학, 정군방, 장조, 포정박 등을 예로 들 수 있다. 셋째, 주로 사회적 지위를 높이고 명예를 얻는 것을 목적으로 한 경우이다. '장사를 하면서도 유학을 좋아한다(賈而好儒)'는 기치 아래 자신의 재력을 이용하여 전적典籍을 수장하거나 영리를 꾀하지 않고 필요한 서적을 출판함으로써 가족과 개인의 명성을 높이고자 한 이들로, 주로 양주에서 염업으로 거부가 된 강춘江春과 강방江昉 형제, 포지도鮑志道와 포수방鮑漱芳 부자, 황성黃晟과 황이섬黃履暹 형제, 마왈관馬曰琯과 마왈로馬曰璐 형제 등이 이러한 유형이다. 첫 번째 유형은 상업성이 크기 때문에 서방주들이 출판을 후원했다고 하기는 어려우나, 영리를 도모하는 과정 중에 통속문학과 일용잡서의 보급에 기여한 바가 있다고 할 수 있겠고, 두 번째 유형에서는 영리와 명예를 동시에 추구하는 과정 중에 문화를 보급 전파한다는 사명감이 더해져 가치 있는 서적들이 출판될 수 있었다. 또한 묵상들의 경쟁 중에 예술적 가치가 뛰어난 ≪정씨묵원≫ 등과 같은 묵보들이 탄생하기도 하였다. 세 번째 유형은 문화적 사명감보다는 명성을 위한 출판이 우선이었지만 그 과정 중에 역시 많은 가치 있는 전적들이 간행되고 전파되었다는 점은 주목할 만하다.

지금까지 필자는 명·청대 강남지역의 출판이 발전하게 된 전반적인 원인을 고찰하고, 각 지역별 출판 상황을 살펴보면서 출판을 둘러싼 문화 후원 행위의 사례들을 확인해 보았다. 이것을 정리하여 보면, 남경에서는 문인들의 희곡에 대한 선호로 인해 희곡 출판이 성행하였고, 소주·항주 지역에서는 장서가 겸 각서가의 활동이 정밀한 판본을 출판하였으며 서방과 문인이 협력 관계를 유지하며 출판시장을 활성화시켰고, 휘주·양주 지역에서는 휘주의 전통과 관련하여 출판업이 발전하고 휘상들의 문화 후원 활동이 활발하였다는 것을 알 수 있었다.

그러나 지역을 불문하고 공통적으로 보이는 현상들도 있는데, 이를테면 장서가들이 자신의 풍부한 장서로 각서가들에게 간행할 좋은 판본을 제공하였다는 점, 각서가들이 문인의 후원인으로서 문인들의 모임을 주도하고 그들과 교유하며 저술 활동을 지원하였다는 점, 또한 작가, 화가, 각공에 대한 각서가들의 배려와 후원이 문학사와 예술사적인 측면에서 가치 있는 작품을 낳았다는 점 등이다. 또한 명·청대 강남지역 문예출판은 이러한 출판 과정상의 여러 노력들을 통해 문헌 보존, 지역별 판화예술의 발전, 장서 문화의 활성화, 총서 편집의 발전에 많은 공헌을 하였다는 점도 지적할 수 있을 것이다.

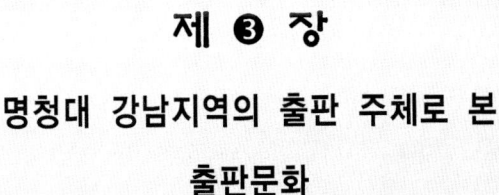

제 ❸ 장

명청대 강남지역의 출판 주체로 본
출판문화

1. 출판주체별 특징

출판 주체라 하면 일반적으로 크게 관각官刻과 사각私刻으로 나누고, 사각은 다시 방각坊刻과 가각家刻으로 나눌 수 있다. 여기서는 출판 주체를 논함에 비영리성이 강한 가각을 주요 대상으로 하여 출판에 관여했던 중심 주체를 살펴보고자 한다.

가각은 명대 이후로 더욱 발전한 출판의 형태인데, 서방書坊과 마찬가지로 경사자집經史子集 등 판각版刻하지 않은 분야가 없었다. 또한 자체字體가 방정方正하고 종이색이 맑은 흰 색이었으며, 행간이 여유 있고 글자 폭이 넓었으며,[1] 아울러 믿을 만한 저본底本을 사용하였고, 나아가 교감校勘에 유의하였으니, 그 질에 있어서는 관각본이나 방각본에 뒤지지 않았다. 이에 관하여 엽덕휘葉德輝의 ≪서림청화書林淸話≫ 권5 <명인각서중의정품(明人刻書的精品)> 절節에서는 엽공환葉恭煥의 '녹죽당菉竹堂', 왕연철王延喆의 '은포사세지실恩襃四世之室', 서시태徐時泰의 '동아당東雅堂' 및 강음江陰의 도순涂順, 여요余姚의 문인전聞人詮 등이 판각한 것은 송원대宋元代에 뒤처지지 않았다고 기록되어 있다.[2]

여기서는 명청대明淸代 가각家刻 가운데 출판을 담당했던 계층을 크게 작가作家와 장서가藏書家, 상인商人으로 보고 그들의 출판 상황을 자세히 다루고자 한다. 물론 이들을 획일적으로 구분하는 데에는 한계가 있다. 이 시기의 작가들은 도서 수장에도 흥미가 있어 더러는 전 재산을 도서 구입에 투자한 사람도 있고, 상인 가운데도 자신의 경제력을 바탕으로 대량의 도서를 구입, 소장한 사람이 많기 때문이다. 이에 여기서는 주체

를 나눌 때, 어떤 성향이 더 강한가, 전업이 무엇인가를 기준하여 주체를
구분하였음을 밝혀 둔다.

1.1. 문인(작가)

스스로 출판을 할 만한 경제력을 가지고 있지 못하고 관직에 진출하지
못한 문인들 가운데 명明 중기 이후 문필 활동을 통해 금전적 이익을 추
구하고자 한 이들이 있었다. 상업적 출판의 중심지인 서방書坊 측에서 보
면 서적을 출판하는 과정에서 저술, 편찬을 할 수 있는 능력을 지닌 작
가와 협력하는 것이 여러 면에서 그들에게 도움이 되는 일이었으므로 작
가作家와의 연계는 필수불가결한 것이었다.

그러므로 작가들의 출판 활동에의 참여는 서방주와의 긴밀한 관계에서
상호 협조와 요구에 의해 이루어진 경우가 많았다. 작가들은 경제적인
이익이나, 자신의 명성을 높이는 등의 다양한 목적을 가지고 명청대 출
판에 적극적으로 참여하게 되었다. 그러나 지금까지 이들 작가에 대한
연구는 그들의 개인에 대한 연구와 주요 작품에 대한 연구로 치우친 경
향이 있다. 그렇기에 그들이 중국 출판의 역사에서 차지하는 비중이 적
지 않음에도 불구하고 가려져 있었던 것이다. 여기서는 중국소설사에서
중요한 위치를 차지하는 풍몽룡馮夢龍과 능몽초凌濛初를 중심으로 그들의
출판 활동을 살펴보기로 한다.

풍몽룡은 명말 소주蘇州에서 하나의 생계수단으로 상업적 출판활동에
참여하면서 금전적 이익을 추구한 작가의 한 예라고 할 수 있다. 그는

신사층紳士層의 집안에서 태어났으나 집안에서 진사進士를 배출하지 못하고, 자신도 계속해서 과거시험에 실패하게 되자, 관직 이외의 생계수단을 찾아야 했는데, 과거시험 준비과정에서 익혔던 지식을 바탕으로 용이하게 할 수 있었던 것이 출판활동 이었다. 풍몽룡은 상업적 출판의 중심인 서방이 취급하던 주요한 서적인 제예制藝(과거용科擧用 참고서), 시무서적 時務書籍, 소설小說의 출판에 두루 참여하였다. 다음의 인용문을 보자.

우리 마성현은 만산 중의 손바닥에 해당한다. 명나라가 일어난 뒤 홀로 ≪춘추春秋≫의 연수淵藪가 되었다. 오래 전으로 거슬러 올라갈 것도 없이, 최근 수십 년간 언제나 주周・류劉・경耿・전田・이씨李氏 그리고 우리 매씨梅氏에 이르기까지 과거에 합격하는 이들이 연달아 나타났는데, 모두 이 방법(≪춘추≫)을 따른 것이다. 덕분에 사방에서 ≪춘추≫를 배우고자 하는 이들이 우리 마을로 와서는 그 방법을 묻곤 하였으며, 우리 마을 또한 노마老馬의 지혜를 얻었다고 스스로 자부하고 있었다. 그런데 나의 벗, 진무이陳無異가 소주의 지현知縣이 된 뒤로 오로지 풍생유룡馮生猶龍을 추천하였다. 왕대가王大可 또한 오吳에서 돌아온 뒤 나에게 말하였다. '오하吳下에 삼풍三馮이 있는데, 그 중 둘째가 가장 뛰어나다 합니다.' 이에 나는 계속 그를 만나고 싶었다. 얼마 지나지 않아 풍생이 전공자를 방문하러 우리 마을에 이르렀다. 마을에서 ≪춘추≫를 가르치는 이들은 모두 차례차례 풍생에게 나아가 ≪춘추≫의 뜻을 물었다. ≪지월指月≫은 그간 분명치 않던 전傳의 뜻을 밝힌 것으로, 나는 이때에 이르러 더욱 풍생을 중히 여기게 되었다. 그리고 앞서 두 군자가 말을 알고, 사람을 알아보는 것을 알게 되었다.

敝邑麻, 萬山中手掌地耳. 而明興, 獨爲麟經藪. 未暇遐溯, 卽數十年間, 如周, 如劉, 如耿, 如田, 如李, 如吾宗, 科第相望, 途皆由此. 故四方治春秋者, 往往問津于敝邑. 而敝邑亦居然以老馬智自任. 酒吾友陳無異令吳, 獨津津推轂馮生猶龍也. 王大可自吳歸, 亦爲余言, 吳下三馮, 仲其最著云. 余拊髀者久之. 無何馮生赴田公子約, 惠來敝邑. 敝邑之治春秋者, 連連反問渡于馮生. 指月一編, 發傳得未曾有, 余于時益重馮生. 而二君子爲知言知人也.[3]

위의 내용을 보면 풍몽룡은 전씨에게 초빙되어 마성에 오게 되었는데, 마성은 이탁오가 기거했던 지역이자, ≪금병매金甁梅≫ 전질을 소장하고 있던 유연백劉涎白의 출신지이다. 또한 과거 시험에서 ≪춘추≫를 선택하여 급제한 사람들이 많은 것으로도 유명한 지역이기도 하다. 서문에서 풍몽룡이 이곳 사람들에게 ≪춘추≫를 가르치고, ≪인경지월麟經指月≫을 편찬하였다고 하였는데, 실제로 풍몽룡은 과거 시험용 ≪춘추≫의 참고서를 편찬하기 위해 그 중심지인 마성에 왔다고도 생각할 수 있다. 이미 44~45세의 나이로 문명文名은 높다 하지만 아직도 향시에 합격하지 못했던 풍몽룡이 저술과 출판 활동을 통해 세상에 이름을 날릴 것을 결심하고, 그 일의 시작으로 득의작인 ≪춘추≫ 참고서를 세상에 내놓은 것이다.

풍몽룡의 손을 거쳐 출간된 서적 가운에 통속소설이 특히 많다. 상업적 성격이 가장 강한 통속소설의 편찬은 서방의 수요에 부응한 것이기도 한데, 풍몽룡은 통속소설 출판과정에서 편찬, 증보, 비점의 대가로 서방으로부터 보수를 받았다. 아울러 특히 상업적 성격이 가장 강한 통속소설의 편찬은 그에게 명성을 가져다주었다.[4]

명대 후기 서방들은 서적을 출간할 때, 작품 선택에 공을 들여 '정선소설전집精選小說全集'을 출간하였는데, 풍몽룡은 이 방면에서도 뛰어났다. 그의 '삼언三言'은 바로 엄선嚴選 과정을 거쳐 출간한 소설집이다. 이것은 녹천관주인綠天館主人이 ≪고금소설古今小說≫에 써 준 서문序文에서도 잘 드러난다.

무원야사씨(풍몽룡의 별호)는 집에 고금의 통속소설을 극히 많이 소장하고 있었다. 서적 상인들의 청이 있어 그 중 마을사람들의 귀를 이롭게 할 만한 것으로 무릇 40여 종을 가려 뽑아 출판하라고 주니, 이에 붓을 들어 그 첫머리에 덧붙인다.
茂苑野史氏, 家藏古今通俗小說甚富, 因賈人之請, 抽其可以嘉惠里耳者, 凡四十種, 畀爲一刻, 因索筆而弁其首.)[5]

이것으로 보아 ≪고금소설≫은 "마을사람들의 귀를 이롭게 할 만한 것"을 기준으로 하여 "집에 소장하고 있는 극히 많은" 소설들 중에서 가려 뽑은 것임을 알 수 있다. 현존하는 ≪고금소설≫ 편목으로 볼 때, 이 속에 수록하고 있는 내용은 주로 당시에 유행하던 유명 작품들이었다.

'삼언'과 병칭並稱되는 백화 단편소설집 '이박二拍'의 작가인 능몽초凌濛初는 명말 만력萬曆 말년에서 숭정崇禎 연간에 대량의 서적을 간행하였다. 그중에서도 '투인본套印本'이라 불리는 여러 가지 색상의 호화로운 서적들이 주종을 이루었다.

능몽초가 관여한 작품은 방각과 같은 상업적 출판이 아니었고 개인적이면서도 자신의 기호에서 출발하였던 가각이었다. 특히 투인본은 그 인쇄가 정교하고, 보통 서적의 여러 배가 넘는 자본이 투입되던 것이어서 세상에서는 공예품과 같은 귀한 소장품으로 인정받았다. 예를 들어 91권본 ≪사기초史記鈔≫에서 태창원년泰昌元年(1620) 진계유陳繼儒의 서문序文에는 "이것을 수장한 사람은 좋은 비단 아름다운 향으로 싸서 상자에 넣어 높은 서가 위에 올려 두었다"[6]고 하는 말이 있을 정도였다.

능몽초가 간행한 도서의 특징은 붉은 색과 검은 색 인쇄의 '투인본'에다 비평, 구두점을 표시한 '평점본評點本'을 위주로 했다는 점이다. 송대에 이미 이러한 투인본 기술이 있었음이 알려져 있는데, 그것은 남송南宋

시대에 시작되어 명대에 흥성하였던 평점본의 출판 풍조와 결합하여 '투인평점본套印評點本'을 형성하게 된다. 그리고 이로부터 "부유하거나 가난하거나 잘나거나 못나거나 간에 침을 흘리며 그것을 구매하려는"[7] 경향이 나타나게 되었다. 비평과 방점은 본문과 다른 색깔로 인쇄를 하는 것이어서 양자는 아주 분명히 구별되는 것이며, 독자에게는 아주 편리한 것이다. 물론 실용성 이외에 심미적 가치가 있다는 점은 말할 필요도 없다.

능몽초 희곡본戲曲本의 품질이 뛰어나다는 것은 책에 첨부된 삽화揷畫에서도 드러난다. 명말에 출판된 소설과 희곡에는 대개 삽화가 들어 있다. 이러한 서적들이 흔히 "수상繡像"이니 "회도繪圖" 같은 말을 제목의 첫머리에 넣는 것에서 알 수 있듯이, 삽화는 평점이나 마찬가지로 출판자와 독자 쌍방으로부터 아주 높은 부가가치가 있다고 인정받았다. 그에 상응하여 판화 자체의 수준도 비약적으로 발전하게 되는데, 예를 들면 복건福建의 건안파建安派, 남경南京의 금릉파金陵派, 안휘安徽 흡현歙縣의 휘파徽派 등 출판 선진 지역의 풍격을 대표하는 화파畫派들이 마침 이 시기에 형성되었다. 능몽초가 판각한 ≪서상기西廂記≫와 ≪비파기琵琶記≫ 및 ≪식영웅홍불망택배식英雄紅拂莽擇配≫ 1권 등은 모두 아주 세밀한 삽화가 첨부되어 있고, 이것은 당시 출판계의 대세를 반영하고 있는 것이기도 하다. 특히 판화사版畫史에서 걸작으로 꼽히는 ≪서상기≫의 20폭 10엽의 극히 정밀한 삽화는 특별히 휘주에서 초빙해 온 판각공 황일빈黃一彬이 새긴 것이다. 황일빈은 휘주 흡현에서 명성이 자자했던 황씨黃氏 판각공 집안사람으로 ≪규범도설閨範圖說≫, ≪청루운어靑樓韻語≫, ≪채필정사彩筆情辭≫ 등의 합각본을 판각한 바 있고, 투인본으로 ≪정씨묵원程氏墨苑≫ 등이 특히 유명하다.

작가로서 출판에 참여한 예는 왕정눌汪廷訥의 환취당環翠堂에서도 찾아볼 수 있다. 원래 휘주 출신인 왕정눌은 희곡작가로서 남경에 환취당이라는 서방을 세우고 출판업에 참여하였다. 그는 주로 희곡류 서적을 출판하였고, 자신의 예술적 취향에 따라 명화가와 명각공을 초빙하여 아름다운 삽화를 판각하였다. 그 중 자신이 지은 전기傳奇 총집總集 ≪환취당악부環翠堂樂府≫와 역사전기歷史傳記 총집인 ≪인경양추人鏡陽秋≫가 유명한데, 그 안의 삽화는 화가 왕경汪耕과 휘주 출신 명각공 황응조黃應組에게 부탁하여 이루어졌다.[8]

1.2. 장서가

출판에는 반드시 장서藏書가 선행되어야 한다. 장서의 역사를 보면 기본적인 특징을 발견할 수 있는데, 이는 사회가 안정되고 경제와 문화, 과학기술이 발전한 시기에 장서 사업이 활발하고 대량의 장서가가 나타난다는 점이다.

명청시기 강남지역은 많은 장서가들을 배출하였다. 예컨대, 엽성葉盛, 전겸익錢謙益, 전증錢曾, 장해붕張海鵬, 장금오張金吾, 황비열黃丕烈, 황정감黃廷鑒, 구용瞿鏞 등을 들 수 있는데, 이들은 중국 역사에서 대표적인 장서가들로 꼽힌다. 이것은 당시 강남 지역이 문화가 발달하고 학술이 창성하여 일반적으로 문화 소양이 높고 독서의 열기가 높았던 것에서 비롯된다. 장서가는 출판된 도서의 소비자이자 그들 자신이 도서 출판을 담당하는 주체이기도 하였다. 그리고 이러한 장서가들의 활동은 강남 지역의 높은 문화소양을 반영하는 것임과 동시에 이러한 문화적 분위기를 고양시키는 역할을 하였다.

장서가 출판에 이용되려면, 우선 진본珍本, 선본善本을 찾아서 그것을 인쇄의 저본底本으로 삼아야 하고, 여기에 여러 차례의 교감校勘과 정리 작업을 거쳐야 한다. 장서가들 가운데 많은 이들은 교감가이며 또 출판가이기도 하다. 청말 장지동張之洞의 ≪서목답문書目答問≫ 부록 <청대저술가성명략淸代著述家姓名略> 중의 교감학가校勘學家 부분에 "제가가 교감하여 판각한 것은 모두 선본으로서 바른 문자이며 모두 믿을 만한데, 대진戴震·노문초盧文弨·정걸丁杰·고광기顧廣圻의 것이 가장 뛰어나다"라는 주注와 함께 하작何焯, 혜동惠棟, 노견증盧見曾, 전조망全祖望, 심병진沈炳震, 심정방沈廷芳, 사용謝墉, 요범姚範, 로문초盧文弨, 전대흔錢大昕, 전동원錢東垣, 팽원서彭元瑞, 이문조李文藻, 주영년周永年, 대진戴震, 왕념손王念孫, 장돈인張敦仁, 정걸丁杰, 조회옥趙懷玉, 포정박鮑廷博, 황비열黃丕烈, 손성연孫星衍, 진은복秦恩復, 완원阮元, 고광기顧廣圻, 원정도袁廷檮, 오건吳騫, 진전陳鱣, 전태길錢泰吉, 증쇠曾釗, 왕원손汪遠孫의 이름을 열거하였다. 그런데 이들 가운데 대부분은 엽창치葉昌熾의 ≪장서기사시藏書紀事詩≫와 오함吳晗의 ≪강절장서가사략江浙藏書家史略≫에 포함되어 있으니 여기서 장서가와 출판가와의 관계를 알 수 있다.[9)]

장서가 가운데 "장서는 독서만 못하고, 독서는 각서만 못하니, 독서는 그저 자기를 위한 것이지만 각서는 남에게 베풀 수 있기 때문이다."[10)]라는 인식을 가지고, 자신의 장서를 이용, 저본으로 삼아 서적을 출판하기를 좋아한 사람들이 많았다.

예컨대 건륭연간에 대장서가였던 황비열黃丕烈은 "나는 장서를 즐기며 또한 서책의 간행을 좋아하는데, 바라건대 소장하고 있는 것을 차례로 판각하고 싶구나"[11]라고 말한 바 있다. 그가 책을 간행할 자금이 없었을 때, 호과천胡果泉이 자금을 대겠다고 하자 황비열은 곧 폭서정曝書亭 소장 송본宋本 ≪여지광기輿地廣記≫를 선택하여 삼 년간 호과천의 힘을 빌려 간행하였다. 이때 황비열은 "이 책이 세상에 사라져 드러나지 않은 지가 오래 되었다. 내가 비록 그것을 얻었으나 책 넣어 두는 궤짝에 들어 있을 따름이었다. 과천선생이 나를 도와 새길 수 있게 해 주지 않았다면 어찌 사라진 것이 문득 나타날 수 있었겠는가!"라고 하였는데 책을 출판하여 세상에 내놓았을 때의 기쁨이 잘 드러나는 표현이다.[12]

장서가이자 출판가로 유명한 사람으로 또 모진毛晉을 들 수 있다. 모진은 명말청초의 유명한 장서루 급고각汲古閣의 주인으로 그의 장서는 84,000여 책冊에 이르는데 모두 급고각과 목경루目耕樓에 두었다. 모진은 평생을 도서의 수집과 수집에 바쳤는데, 명 만력말에서 청 순치년간順治年間에 이르기까지 40여 년간 그가 출판한 서적은 600여 종에 이르며, 조판雕版만해도 10만 9천여 편片에 달한다. 당시에 "모진의 책이 천하를 다닌다"라는 말이 있었으니 모진의 출판사업이 얼마나 성했는지를 알 수 있다. 모진이 출판한 서적은 지금까지 선본으로 전해지고 있는데 그 가운데 유명한 것으로 ≪십삼경주소十三經注疏≫·≪십칠사十七史≫·≪진체비서津逮秘書≫·≪육십종곡六十種曲≫ 등이 있다.[13]

모진이 서적을 간각한 것이 판매를 위한 것이긴 하지만, 오로지 이윤만을 목적으로 하는 일반 서상書商과는 근본적으로 다른 점이 있었다. 우선 그는 거금巨金을 아까워 않고 송원宋元 판본版本을 사들였는데, 아예 자기 집 문 앞에 다음과 같은 방문榜文까지 붙여 둘 정도였다.

송판본을 가지고 오는 사람이 있으면, 이 집의 주인이 쪽으로 계산해 값을 쳐서 한 쪽당 이백을 낼 것입니다. 구초본舊抄本을 가져오는 사람에게는 한 쪽당 사십을 줄 것이며, 요즘의 선본을 가져오는 사람에게 다른 집에서라면 일천을 줄 것을 이 집 주인은 일천 이백을 줄 것입니다.

有以宋槧本至者, 門內主人計葉酬錢, 每葉出二佰; 有以舊抄本至者, 每葉出四十; 有以時下善本至者, 別家出一仟, 主人出一仟二佰.[14]

그래서 당시에 "삼백예순 가지 장사 중에 모씨네에 책 파는 것 만한 게 없다"라는 속언俗言까지 있을 정도였다.

장서가들의 출판활동은 일반의 개인적 영리를 목적으로 하는 출판업자와는 다르다. 서상의 출판은 영리를 목적으로 하므로 선택한 저본이 좋지 못하거나 교감이 정확지 않기도 하고, 도서의 장정裝幀에도 주의를 기울이지 않았다. 심지어 오탈자와 연문衍文 등이 심해 오히려 후학들에게 나쁜 영향을 주는 경우도 많았다. 그러나 장서가의 출판 의도는 이와는 달랐으니, 일부는 자신의 사장私藏을 보충하기 위해 출판하는 경우도 있고, 또 일부는 치학治學의 목적이나 저술을 발표하기 위해서 출판하였으며, 또 그 중에는 개인적인 취미로 하는 이도 있었다. 이 가운데 가장 큰 비중을 차지하는 경우는 진귀한 전적을 보존하기 위해 출판을 하였으니, 이들은 도서의 출판을 평생의 업業으로 삼았던 것이다. 그러므로 이들의 손에서 만들어진 책은 먼저 출판할 도서 종류의 선택에서부터 세심한 주의를 기울인 것이고, 또한 우수한 선본을 저본으로 삼았으며, 저본에 대해 성실하게 교정을 가하였으니 이렇게 만들어진 서적은 질적인 면에서 상당히 우수했다.[15]

장서가가 자신의 전적을 이용하여 서적을 출판·전파한 상황을 보면, 그 출판 동기와 목적은 제각각 차이가 있겠지만, 진귀한 전적의 보급에 큰 공헌을 한 것은 사실이다. 이후 장서가가 개인 소장의 책을 이용하여 서적을 출판하는 것은 하나의 전통이 되어 대대로 이어졌으니, 청대 장해붕張海鵬이 ≪학진토원學津討原≫을, 완원阮元이 ≪십삼경주소十三經注疏≫를 출판한 것과 근대近代에 유승간劉承幹이 ≪가업당총서嘉業堂叢書≫·≪오흥총서吳興叢書≫ 등을, 장원제張元濟가 ≪사부총간四部叢刊≫을 출판한 것 등은 모두 그 예가 된다.

1.3. 상인

명청대 출판의 주체로서 빼놓을 수 없는 것이 바로 상인계층이다. 상인들은 경제력을 바탕으로 실용서 외에 여가 선용의 수단으로 소설과 희곡을 즐겼고, 통속문학의 창작과 출판에 큰 역할을 했다. 여기서는 중국의 '팔대상방八代商幫' 가운데 출판 부분에서 두드러진 공을 남긴 휘상徽商xiv)과 양주揚州의 염상鹽商을 중심으로 상인들의 출판 상황을 살펴보고자 한다.

휘상이 다른 상인들과 구별되는 가장 큰 특징은 '상인이면서 선비이고, 장사를 하면서 유학을 좋아한(商而兼士, 賈而好儒)' 유상儒商이었다는 점이다. 청대의 저명한 휘주 출신 학자인 대진戴震 역시 다음과 같이 강조하였다.

---

xiv) '徽商'은 중국의 八代商幫의 하나로 일반적으로 명청시기 徽州府 소속의 歙縣·休寧·績溪·黟縣·祁門·婺源 등 여섯 개 縣에서 상업을 하는 사람과 그 단체를 가리킨다.

우리 고장은 평평하고 넓은 들이 많지 않아 산자락에 의지하여 산다. 상인들이 타지에서 동서로 돌아다니며 장사를 해서 먹고 산다. 그러나 사람들이 산악의 기운을 얻어 본성이 기절氣節을 중히 여기고 긍지로 삼는다. 비록 상인이지만 모두들 선비의 기풍에 가깝다.
吾郡少平原曠野, 依山而居, 商賈東西行營於外, 以就口食. 然生民得山之氣, 質重矜氣節, 雖爲賈者, 咸近士風.[16]

정주이학程朱理學의 고향으로 '동남 지역의 추로(東南鄒魯)'로서 자부하였던 휘주 사람들은 생계를 위해 상업의 길로 들어섰더라도 일단 부를 쌓은 후에는 교육 문화 사업에 많은 투자를 하였다. 의義와 리利가 상통하는 것으로 여겨 성誠, 신信, 의義, 인仁 등 유교 덕목을 상업 도덕의 근본으로 삼았으며, 독서를 통해 생활의 품위를 높이고 경영 능력을 키웠다. 또한 집에 서재와 원림을 꾸미고 서적과 골동품을 수집하고, 단체를 만들어 유학자들을 널리 사귀었으며 향리에는 많은 서원과 의학義學을 세워 운영하였다. 흡현 출신 염상 포지도鮑志道의 경우 양주에 십이문의학十二門義學을 세워 가난한 집 자제들을 공부시켰으며, 왕응경汪應庚도 건륭 원년 강감학궁江甘學宮이 너무 낡은 것을 보고 오만여 금을 내어 중건하였다.[17]

동시에 휘상들은 자손과 나아가 가문 전체의 영광과 미래를 위해 과거 시험에 합격하여 관리가 되는 것을 궁극적인 목표로 삼았다. 그래서 많은 휘상들이 조정의 재정적 긴급수요를 돕고 그 공으로 관직을 얻기도 하였는데, 양주의 염상들이 건륭제가 남순했을 때 양주의 행궁 보수와 그곳에서의 성대한 주연을 지원하고 각종 명목으로 황제에게 헌납하여 관직을 얻었던 것이 그 예이다. 또한 자식의 교육에도 힘써 그들이 과거에 급제하여 관직에 나아가게 하였다. 최종적으로 상업에서 유업儒業으로 나아가 진신縉紳이 되고 사회적 지위를 높이는 길이야말로 종족을 빛내는 동시에 자신의 지위도 공고히 하는 것이라 생각했던 것이다. 그리하여 실제로 명청대에는 과거를 통해 입사한 휘상들이 많았다. 하병체何炳棣의 연구 통계에 의하면 명 홍무 4년에서 숭정 16년(1371~1643)사이 양회염상兩淮鹽商 중 진사進士가 106명, 거인 133명이었고 청 순치 3년에서 가경 7년(1646~1802) 사이에는 진사가 139명, 거인이 208명 배출되었는데 그 대부분이 휘주 출신 염상의 후예들이었다.[18]

휘상들은 또한 문인, 관리들과 교유하며 높은 문화적 소양을 갖추고자 노력하였기에 이들 가운데에는 시詩·서書·화畵에 능한 이들도 많았고, 원림園林을 지어 그곳에서 아회雅會를 열어 즐겼으며, 독서讀書, 장서藏書, 각서刻書 및 금기서화琴棋書畵에 열중하여 재산의 일부분을 문화 활동에 사용하였다. 예를 들어 양주에서 염업에 종사한 휘상 정진방程晉芳(1718~1784)의 경우, 재산을 아끼지 않고 서적을 구매하는 데에 힘써 소장한 책이 오만 권에 이르렀으며, 문사들과 교유하는 것을 좋아하여 박학다식한 선비들을 불러 학문을 논하는 것을 즐겼다.[19] 또 휘상들은 객상들을 접대하기 위해 혹은 자신이 즐기기 위해 종종 가반家班을 조직하여 희곡 공연을 하였다. 휘주에는 명절이 될 때마다 희곡 공연을 하는 풍습이 있었는데, 휘상들도 이 풍습을 따랐기에 휘상의 재력에 힘입어 휘반徽班이 흥성하게 되었다. ≪양주화방록揚州畵舫錄≫ 권5에는 양주의 7대 희반戱班 중 휘상이 소유한 것으로 서상지徐尙志의 노서반老徐班, 황원덕黃元德·왕계원汪啓源·정겸덕程謙德의 곤반昆班 및 강광달江廣達의 덕음반德音班과 강춘江春의 춘대반春臺班이 있었다고 기록되어 있다.[20] 당시 양주는 '아부雅部'와 '화부花部'가 집중되었던 곳인데 휘상의 적극적인 지지와 후원으로 휘극이 '화부' 중 으뜸이 될 수 있었으며 아부인 곤곡崑曲 역시 더욱 흥성하였다. 이외에도 휘상들은 종종 스스로 희곡을 창작하거나 악보를 정리하고, 연출을 하는 등 희곡예술의 흥성에 큰 역할을 하였다.

이학理學을 숭상하고 종법宗法제도가 강했던 휘주에서는 족보 편찬이 성행했다. 족보의 편찬은 소속을 분명히 하고 친소를 분별하며 종족의 역사를 기록하는 것으로 가문의 대사大事라 할 수 있다. 조사된 바에 따르면, 명대부터 민국까지 편찬된 휘주의 족보 중 현존하는 것은 약 623종으로, 그 수가 다른 지역에 비해 월등히 많은데[21] 정기적으로 이루어진 많은 분량의 족보 편찬에 있어서도 부유한 휘상들의 자금이 투여되었다. 또한 족보를 편찬할 때 판각과 장식에 정성을 기울였으므로 이 때 사용되었던 판각 기술의 노하우는 다른 일반 서적의 출판에도 일정한 영향을 미쳤다고 하겠다.

학문을 중시하는 전통을 계승하여 문화를 숭상하고 서적의 수장을 즐긴 대표적 인물로 왕계초汪啓椒, 왕헌汪憲, 포정박鮑廷博 등을 들 수 있다. 왕계초(1728~1799)는 원래 안휘 흡현歙縣 사람인데 항주杭州에서 살았으며, 개만루開萬樓・비홍당飛鴻堂 등의 장서루가 있다. ≪사고전서四庫全書≫ 편찬 시에 많은 도서를 기증하였다. 왕헌(1721~1771)의 장서루 진기당振綺堂은 당시 매우 이름났었다. 포정박(1728~1814) 역시 원적原籍은 안휘 흡현인데 대장간 등을 경영하여 많은 부를 축적하였고 후에 항주로 이주하였다. 장서량이 매우 많았으며 건륭 시기에 아들 포사공鮑士恭이 조정에 600여 종의 도서를 헌납하였다.[22]

휘주의 각서刻書는 중당中唐 시기에 시작되어 송원대에 이르러 휘주의 관각官刻, 가각家刻과 방각坊刻 도서들 중에 훌륭한 작품들이 나왔지만,

전국적 규모의 각서 사업으로 말하자면 비중은 크지 않았다. 명대 중기 이후, 휘상이 판각版刻·출판出版 사업에 개입하면서 휘주의 각서 사업은 크게 확장되었으며, 명 만력에서 숭정 연간에는 전국적으로 중요한 판각의 중심이 된다.

휘상들은 판각의 방식, 방법 및 조판인쇄 기술면에서 모두 대담한 혁신을 이루어내었다. 우선, 그들은 총서류叢書類를 대량으로 편집 출판하였다. 총서는 학습하기에 편한 것이어서, 한 부의 총서에 군서群書를 개괄할 수 있고, 잔권을 모으고 사라질 것을 보존할 수 있으니 그 공로가 크다. 둘째, 대량으로 삽화를 넣어 독자들의 흥미와 이해를 증가시키고 구매를 부추겼다. 셋째로 연합작전을 취하여 출판의 기간을 단축시켜 빨리 만들고 빨리 판매하였다. 넷째로, 인쇄와 조판기술을 개혁하여, 4색도 혹은 5색도의 컬러 인쇄기법을 개발하였으니 그 도판이 정교하고 아름답기가 일반적인 조판 삽화 보다 훨씬 감동적이었다. 게다가 또 "두판鋀版"이나 "공화拱花" 같은 인쇄 기법을 개발하여, 채색 투인목판화를 새로운 경지로 끌어 올렸다.[23] 위와 같은 휘상들에 의해 출판된 서적의 특징은 바로 명청대 출판물의 특징이기도 하다. 당시 휘상들에 의해 판각된 서적을 '휘판徽版'이라고 불렀을 만큼 영향력이 컸다.

휘상 가운데 출판에 힘쓴 사람으로 포정박鮑廷博과 오면학吳勉學을 빼놓을 수 없다.

오면학은 처음에는 의서를 판각하여 그것으로 자금을 모으고, 그 자금으로 다시 고금古今의 전적을 수집하고 간행하였는데 그 출판비용이 십만 량에 이르렀다.[24] 휘주의 의학은 송대부터 발전하기 시작하였고 이와 더불어 실용서로서 의서의 간행은 서방에 많은 부富를 가져올 수 있었다.

오면학은 의서 44종을 모은 대형 총서 ≪희통정맥醫統正脈≫을 간행하였고, ≪자치통감資治通鑑≫·≪이십자전서二十子全書≫ 등 권수가 많아 쉽게 손대기 힘든 서적들을 간행하여 그 문화적 공이 크다고 할 수 있다.

포정박은 장서가 겸 출판가로 유명하다. 집안 대대로 염업鹽業과 야업冶業에 종사하였으며, 여러 번 과거 시험에 실패한 후, 만년晩年에 항주杭州에서 서적을 모으고 각서 활동을 하였다. 그의 아들 포사공과 함께 판각한 ≪지부족재총서知不足齋叢書≫는 전체 30집 208종 823권으로 50년에 걸쳐 완성되었다. 이 총서는 대량의 고서 수집과 세심한 교감으로 높이 평가받고 있다. 포정박 자신의 장서 외에 절강일대 장서가들의 귀중본과 아직 판각되지 않은 필사본을 구해 판각하였으며, 수록된 서적들은 완전하게 보존하여, 명청대 서상들이 새로 판각을 하며 옛 책을 마음대로 가감하고 고친 폐단을 고쳤다.

양주의 번영은 염업으로부터 왔다는 말처럼 양주의 상인들은 염업으로 이룬 물질적 풍요를 바탕으로 문화 활동을 활발히 하였다. 특히 염상들은 자본을 투자하고 정부와 결탁하여 자신들의 지위를 향상시키고 막대한 부를 소유할 수 있게 되었으며, 그들의 부는 사치와 향락·원림園林의 조성 등으로 쓰여졌다. 그러나 간과할 수 없는 부분이 그들의 문화에 대한 관심과 투자이다.

염상들은 자신의 재력財力만큼이나 신분상승을 열망했고 그러한 바람은 문화적 관심으로 이어졌다. 그리고 그들의 많은 돈이 문화예술사업에 투자되면서 양주의 문화는 번영을 이루게 되었다. 이러한 배경 하에 양주의 출판사업도 크게 발전하여 전성기를 이루게 된다.

당시 양주의 출판업은 매우 흥성했는데 그 규모와 수량, 그리고 질에 있어서도 유래를 찾기 힘들 정도였다. ≪전당시全唐詩≫는 강희제康熙帝의 명으로 강희44년(1705)에 조인曹寅이 출간하였는데, 그는 당시 양회순염어사兩淮巡鹽御史로 있었기 때문에 양주의 천녕사天寧寺에 ≪전당시≫를 출간할 수 있도록 서국書局을 만들고 1년 동안 900권에 달하는 대작업을 마쳤다. ≪전당시≫는 교정·필사·인쇄·표지작업까지 어느 하나 정교하지 않은 것이 없으며 특히 900권에 달하는 글을 필사筆寫하는 작업에는 수많은 서예가가 참여했다. 이러한 작업은 문화의 발달과 경제적 원조가 충분하지 않다면 쉽게 이루어질 수 없는 일이다.

조인은 ≪전당시≫ 외에도 ≪패문제서화보佩文齊書畫譜≫·≪사보詞譜≫·≪역대시여歷代詩餘≫ 등 약 3,000권을 출판했다. 이렇게 많이 출간된 인쇄물은 관각官刻에 해당하지만 대개 염상들이 그 자금을 뒷받침해 주었다.[25]

양주염상들은 금전적 후원 외에 직접 책을 출간하기도 하였다. 대표적인 인물로 마왈관馬曰琯·마왈로馬曰璐 형제를 들 수 있는데 이들의 출판사업은 당시로선 대단한 규모로 인쇄공장을 건설하고 많은 책을 출간하였다. 마씨 형제는 십여 만 권의 장서를 지닌 대 장서가로 귀중한 판본을 보면 거금을 들여 구매하고, 세상사람 중에 보기를 원하는 자가 있으면 많은 돈이라도 아끼지 않고 출판하였으며, ≪십삼경十三經≫·≪허씨설문許氏說文≫·≪옥편玉篇≫·≪광운廣韻≫·≪자감字鑒≫ 등 수많은 책을 출간하였는데, 이들이 출간한 책을 '마판馬版'이라고 불렀다.

강춘江春은 ≪수월독서루시문隨月讀書樓詩文≫을 출간했으며, '사원보四元寶'라 불리는 대염상大鹽商 황씨黃氏 4형제 가운데 황성黃晟은 ≪태평광기太平廣記≫·≪삼재도회三才圖繪≫ 등을, 동생 황리지黃履之는 소주蘇

州의 명의名醫 엽천사葉天士를 위해 ≪엽씨지남葉氏指南≫ 등을 출판했다. 또한 염상들은 문인의 시문집이나 책을 출간하도록 많은 도움을 주었다. 양주화파揚州畵派인 금농金農·정섭鄭燮·이면李葂 등의 시문집도 염상의 자본으로 출간되었고, 유명한 소설인 오경재吳敬梓의 ≪유림외사儒林外史≫ 도 염상의 후원을 받아 출간되었다.

당시 책을 출간한다는 것은 쉽지는 않은 일임에도 불구하고, 수많은 출판물들이 양주에서 출간될 수 있었던 것은 바로 양주 염상들의 경제적 능력과 문화적 역량을 여실히 보여주는 것이라고 생각한다. 이처럼 많은 책이 출간되자 양주에는 인쇄관련 산업이 발달하게 되었다. 아울러 앞에 언급한 높은 수준의 시문집이나 책 외에도 대중적이며 토속적인 내용의 희곡도 많이 제작되었다.

2. 출판목적과 특징

2.1 출판목적

출판인의 궁극적인 출판 목적은 이윤을 남긴다는 '영리營利'에 두어야 겠지만, 본 연구의 연구 대상이 영리를 주요 목적으로 하는 방각坊刻보다 는 가각家刻에 중점을 두고 있기 때문에 기본적인 서술 방향은 출판의 목적이 비영리성을 띠고 있다는 입장에서 출발하여, 그렇다면 어떤 목적 으로 자신의 사재私財를 들여 출판에 힘썼는지에 대해 서술할 것이다.

앞에서 서술한 상인이나 장서가의 경우 출판에 힘쓴 이유는 도서에 대한 개인적 기호嗜好에서, 혹은 자신의 명성과 지위를 높이기 위해서 수만 금을 아끼지 않고 장인匠人을 불러 모아 도서를 간행하였고, 그 궁극적인 목표는 "서적을 판각하여 세상에 전한다"는 것이었다.[26] 이에 대해 장지동張之洞은 일찍이 ≪서목답문書目答問≫의 부록인 <권각서설勸刻書說>에서 자신의 관점을 표명한 바 있다.

> 무릇 능력이 있고 일 만들기를 좋아하는 사람들로서 스스로 생각건대 덕업이나 학문이 남들 보다 뛰어나지 못하면서 그 이름이 오래도록 남기를 구하는 자라면 고문헌을 판각하여 유포하는 방법만한 것이 없다. 그러나 판각을 하려면 중천금을 아끼지 말아야 할지니, 그 방면에 통달한 자를 초빙하고, 비장의 서적을 잘 감별하여 선택하고, 상세히 교감하고 정밀하게 조판해야 한다. (각서에 있어 아름답고 추하고는 가리지 않으니) 책은 아름답지만 교감을 잘 하지 않는다면 비용만 낭비하는 셈이다.) 그 서적이 종래로 없어지지 않은 것은 책을 판각하는 자가 종래로 사라지지 않았기 때문이다. 예컨대 흡歙의 포씨鮑氏, 오吳의 황씨黃氏, 남해南海의 오씨伍氏, 금산金山의 전씨錢氏 등은 오백 년 동안 사라지지 않는다고 확신할 수 있는 인물들이니, 어찌 스스로 책을 써서 스스로 판각하여 집록하는 자 보다 못하겠는가! 또한 책을 판각하는 자는 옛 선철先哲의 정밀하고 심오한 뜻을 전하여 후학들의 몽매함을 깨우쳐 주니 또한 이익으로 세상을 구제하는 것 보다 먼저 할 일이며 선을 쌓는 고매한 담론인 것이다.
> 凡有力好事之人, 若自揣德業學問不足過人, 而欲求不朽者, 莫如刊布古書一法. 但刻書必須不惜重費, 延聘通人, 甄擇秘籍, 詳校精雕. (刻書不擇佳惡, 書佳而不讐校, 猶糜費也.) 其書終古不廢, 卽刻書之人終古不泯. 如歙之鮑·吳之黃·南海之伍·金山之錢, 可決其五百年中必不泯滅, 豈不勝于自著書自刻集者乎. 且刻書者, 傳先哲之精蘊, 啓後學之困蒙, 亦利濟之先務, 積善之雅談也.[27]

중국 사대부들이 줄곧 받들어 온 도덕준칙은 이른바 "덕을 세우고, 공을 세우고, 말을 세운다"라는 것이다. 그런데 도덕, 문장이란 것이 빛바래지 않게 하려면 이것을 문헌으로 만들어 유포시키는 수밖에 없으니,

장지동은 덕업이나 학문에 있어 당대에 행해지고 후세에 전해지길 바라는 일반 인사들에게 서적을 간행하는 것이 가장 빠른 길이라고 일깨워주고 있다.

또 한 예로 건가乾嘉 시기에 서적의 수집, 수장, 독서, 교감, 간행 등을 해 내었던 저명한 장서가 황비열黃丕烈은 그가 서적을 판각하는 것이 "비장의 서책을 감히 혼자 사사로이 갖지 않고, 공개하여 동류들과 함께 즐기고자" 하는 것으로서, "그 뜻은 옛 판본을 유통시켜 세상에 제공하고자 하는 데 있다"고 하였다.[28] 도서의 판각과 인쇄를 위하여 그는 자신이 할 수 있는 바를 다 하였는데, ≪사례거총서士禮居叢書≫만 해도 도서 19종을 수록하고 있다. 판각과 인쇄의 품질을 보장하기 위하여 그는 저명한 교감학가 고광기顧廣圻를 초빙하여 그의 책임 아래 ≪사례거총서≫를 교감, 간행하였으며, 이 외에 저본底本을 아주 엄밀히 선택하여, 대부분 송각본宋刻本이나 영송본影宋本을 채용하였다. 그래서 사례거士禮居의 각서刻書는 판본이 뛰어나며, 교감이 정밀하여 장서가들의 추앙을 받아왔다.

또 출판을 통해 자신의 사상이나 문학이론을 전파하기 위해 출판에 참여하는 경우도 있었다. 풍몽룡馮夢龍의 경우, 금전적 이익과 명성 외에 서방書坊을 통해 통속소설通俗小說을 출판함으로써 자신이 견지해 온 문예이론인 '정교론情敎論'을 전파할 수 있게 되었다는 것이다.[29] 명明 태조太祖가 군주전제君主專制를 합리화하는데 편리한 주자학朱子學을 체제교학體制敎學으로 삼은 이래로 주자학 이외의 다양한 사상의 발전은 주춤할 수밖에 없었다. 그러나 명 중기 이후 신사층紳士層 사이에서는 명조明朝가 표방하였던 주자학 이외에 양명학陽明學 및 이지李贄의 동심설童心說,

삼교합일설三敎合一說 등이 유행하였는데, 이는 출판업의 발전에 힘입은 것이라고 할 수 있을 것이다. 다양한 사상 중의 하나의 흐름인 풍몽룡의 정교론을 담은 통속문학은 당시 정통적인 지식인들의 비난이 대상이 되었고 국가의 통제의 대상이 되었다. 그러나 상업적 출판업의 발전으로 인한 서방 측의 수요와 새로이 등장한 독자층의 수요에 힘입어 관官이나 향신鄕紳의 후원을 받지 않고도 자신의 사상을 전파할 수 있었다.

2.2 출판특징

명청대 강남지역에서 출판된 출판물은 여러 가지 중요한 특징을 지녀 중국 출판사와 문헌학사에 괄목할 만한 공을 남겼다. 아래에 항목을 나누어 중요한 특징 위주로 설명하고자 한다.

① 출판의 질을 중시

1980년 ≪중국출판연감中國出版年鑑≫의 통계에 따르면, 명대의 경우, 270여 년간 출판한 서적은 모두 14,024부에 이르러 연 평균 54.4부를 출판한 셈이다. 수량이 많기로는 그 전시기와 비할 수가 없다. 이는 중국 고대 문화를 축적하고 전파하는데 적극적인 작용을 하였으므로 출판한 서적이 많다는 것은 좋은 일이며 긍정해야 할 것이다. 그러나 수량은 많지만 질이 좋지 않았으니, 재화財貨를 대량으로 낭비한 것이며 또 한 편으로는 원서原書의 가치에 나쁜 영향을 끼치거나 심지어는 훼손하는 경우까지 있게 되었다. 그래서 청대에는 "명대 사람들이 고서 판각을 좋아하여 고서가 망실되었다"라는 말까지 생겨났다.[30] 이는 대량의 출판에 따른 질의 문제를 지적한 것이다.

영리를 목적으로 하는 방각坊刻은 도서발행의 시장으로 말하자면 그들도 빼 놓을 수 없는 한 역할을 담당하고 있지만 출판의 과정에 있어 확실히 거칠고 함부로 만드는 경향이 있다. 또한 선본善本을 추구할 여력도 없고 세밀하게 교감할 수도 없었다.

그러나 이와 달리 명청대 가각家刻의 경우 여러 면에서 출판물의 질적인 면에 주의를 기울였기 때문에 대부분 질적으로 손색없는 우수한 작품이 나오게 되었다.

앞의 '장서가' 부분에서 언급한 모진은 자신이 수집한 서적 중에서 선본을 발견하면, 곧 판각하여 인쇄하였는데, 많은 급여를 주고 명사名士를 초빙하여 정밀하게 교정, 교감하고서 목판을 썼다고 한다. 또한 서적의 품질을 확보하기 위하여, 그는 천리를 멀다 않고 강서江西에서까지 전문적인 제지장인製紙匠人을 지정하여 모변지毛邊紙나 모태지毛太紙를 예약하여 만들어 썼다. 명청대에 중국의 제지술製紙術이 크게 발전하게 되는데, 당시 복건福建 · 절강浙江 · 섬서陝西 등지에서 대나무를 펄프로 하여 만든 '죽지竹紙'를 '모변지'라 하였다. 모변지는 종이의 질이 곱고 부드러우며 흡수성이 좋아 서예와 고서인쇄에 적합하였다. 모진은 이 죽지로 서적 인쇄하는 것을 좋아하였는데, '모변지'라는 이름은 그가 강서에서 비교적 두껍고 실한 죽지를 대량으로 구매해서 사용했고, 그 종이 모퉁이에 전서篆書로 "모毛"자 인장을 찍어 둔 것에서 유래했다. 모태지도 모변지와 비슷하지만 색깔에 있어 약간 차이가 있다. 모진은 또 책을 구매하고 판각하기 위하여 자금을 모으면서, 숭정崇禎 14～15년(1641～1642년) 동안 토지 300여 무畝를 매각하기도 하였다는 기록이 보이는데,[31] 이는 출판물의 질을 높이기 위해 애쓴 모습을 보여주는 좋은 예가 된다.

이에 문인이나 장서가, 상인들이 출판물의 질적 제고를 위한 노력을 다음의 몇 가지로 요약하면 다음과 같다.

먼저 저본의 선택에서부터 세심한 주의를 기울였다. 특히 장서가들의 경우 자신의 풍부한 장서로, 상인들은 그들의 탄탄한 경제력으로, 문인들은 자신들의 학문적 소양을 바탕으로 저본의 선택에서 극히 유의하였으므로, 기본적으로 모두 선본을 남본藍本으로 하였다.

둘째는 이본異本을 광범위하게 수집하여 성실하게 교감校勘하였다. "명 중엽 이후의 각본은 억측으로 고친 부분이 흔히 있는데다 판각할 때 또 세밀하게 교감하지 않아 지금 와서는 갖가지 오류가 나타나고 있다"[32]는 말이 있을 정도이고, 따라서 청대에는 노문초盧文弨·고광기顧廣圻·대진戴震·단옥재段玉裁 등과 같은 걸출한 교감학가校勘學家가 나타나게 된 것이다.

셋째는 명가名家를 초빙하여 판각板刻의 저본을 필사하였다. 이것이 사각私刻과 방각坊刻의 현저한 차이점이다. 장서가나 상인들의 출판 목적 중의 하나가 널리 오래도록 이름을 알리는 것이므로 이들은 많은 돈을 아끼지 않고 저명한 서예가를 초빙하여 저본을 필사한 것이다.

넷째는 유명하고 실력있는 장인을 고용하여 판각하고 인쇄하였다. 가각에서는 일반적으로 자본을 아끼지 않았으므로, 쓰고 교감하고, 목판을 새기고, 장식하는 등의 모든 과정에 있어 정교하게 하고자 애썼다.

다섯째로 판목 제작이 훌륭하고 재료를 잘 선택하였다. 서적의 출판은 아주 큰 사업으로서 비용이 많이 든다. 그럼에도 영리를 주요 목적으로 하지 않는 출판인의 경우 자금면에서 여유로운 편이므로 그들은 보통 최고의 재료와 기술자를 얻고자 하였다.

② 총서·문집·통속소설의 출판 증가

이 시기에 특히 눈에 띄게 증가한 출판물로 총서와 개인 문집, 그리고 희곡소설을 들 수가 있다.

총서叢書의 역사는 엽덕휘葉德輝가 ≪서림청화書林淸話≫ 권8의 <송인에게서 시작된 총서 판각(叢書之刻始於宋人)>에서 말한 것처럼 송대宋代부터 시작되었다.[33] 그러나 송원宋元의 책은 ≪유학경오儒學警悟≫·≪백천학해百川學海≫·≪설부說郛≫ 이렇게 겨우 세편에 불과하며, 실제로는 명의 가정·만력 연간 이후에 그 수량이 급격히 증가하였다고 한다. 한중민韓仲民의 ≪중국서적편찬사고中國書籍編纂史稿≫ <총서일별叢書一瞥>에서 '총서는 인쇄술의 발명 이후에 나타난 책의 편찬형식이다'라고 한 바와 같이, 총서의 융성과 인쇄술의 보급은 따로 떼어 놓고 생각할 수 없다. 전반적으로 상당히 거질巨帙인 총서는 인쇄단가가 내려간 이후에야 실질적으로 보급되었다고 생각할 수 있기 때문이다.[34]

총서로는 ≪한위총서漢魏叢書≫·≪격치총서格致叢書≫·≪당대총서唐代叢書≫ 등이 있고, 그 외에도 수많은 총서류가 있다.

중국 서적의 역사에서 명대만큼 개인문집의 간행이 많았던 적은 없다고 할 수 있다.

문집의 간행과 관련해서는 가정연간 당순지唐順之(1507~160)의 ≪형천

선생문집荊川先生文集≫ 권6 <답왕준암答王遵巖>에 관련기록이 있다. 이것은 어떤 사람이 당순지의 문집을 간행하려고 하자 당순지가 문집의 서문을 쓴 왕준암에게 보낸 편지이다. 여기서 당순지는 자신의 문집을 간행하지 않을 것과 서문도 철회해 줄 것을 부탁하고 있다.

> 푸줏간이나 술집을 운영하는 영세한 상인들조차도 밥 한끼 먹을 정도가 되면 사후에 반드시 묘지명 한편이라도 남기려고 합니다. 또 현달한 부호나 귀인들과 과거에 합격한 사람들은 조금이라도 세상에 이름이 알려지면, 사후에 반드시 시문집을 간행하고자 합니다. 이는 마치 살아서는 끼니를 때워야 하고, 죽어서는 관이 없어서는 안된다고 하는 것 같습니다. 이러한 일들은 삼대三代 이전에 없던 일이며, 한당唐漢 이전에도 결코 없던 일입니다. 다행히 묘지문과 시문집은 오래지 않아 사라지겠지만, 예전의 것이 없어진다 해도 지금 있는 것만으로도 방안이 가득 넘칩니다. 만약 이것들이 전부 세상에 남게 된다면 온 땅을 서가로 해도 둘 곳이 부족할 것입니다.
> 其屠沽細人有一碗飯喫, 其死後則必有一篇墓誌. 其達富貴人與中科第人稍有名目在世間者, 其死後則必有一部詩文刻集. 如生而飯食, 死而棺槨之不可缺. 此事非特三代以上所無, 雖唐漢以前亦節無此事. 幸而所謂墓誌與詩文集者, 皆不久泯滅, 然其往者滅矣, 而在者尙滿屋也. 若皆存在世間, 卽使以大地爲架子, 亦安頓不下矣.[35]

이는 조금만 유명해지면 모두 시문집을 간행하는 있는 당시의 세태를 반영한 글이다.

명청대에 강남지역에서 판각 인쇄한 문헌에는 소설小說·전기傳奇·희곡戲曲 등과 같은 문예도서의 수량이 가장 많으며, 또한 판각 인쇄의 면에서 가장 뛰어나기도 하다. 이러한 통속문예출판이 성황을 이룰 수 있었던 까닭은 당시 민간에서 이런 유형의 도서에 대한 수요가 가장 많아 서방에서도 해볼 만한 이윤을 남길 수 있었기 때문이다.

금릉金陵의 예를 들면 사각私刻으로 이런 도서를 출간한 것이 단지 명대에만도 약 2~3백여 종이 되며, 그 중에서 '부춘당富春堂'이 가장 뛰어나 ≪수신기搜神記≫, ≪백토기白兔記≫ 등 거의 백여 종을 출간하였다.[36] 이 외에 '문림각文林閣'의 ≪고성기古城記≫, '업덕당業德堂'의 ≪환대기還帶記≫ 등이 유명했고, 휘주徽州·소상蘇常 등지에서 명청대에 출간한 문예 도서도 수를 헤아리기 힘들 정도이다.

어느 정도의 문자해독 능력을 지닌 상인계층이나 부녀자 계층이 여가 선용의 수단으로서 소설, 희곡을 선호하였고, 이들의 수요는 곧 통속문학의 창작과 출판, 전파에 큰 역할을 했다고 할 수 있다.

③ 다량의 삽화

명청대 출판물의 중요한 특징으로 삽화가 많다는 점을 들 수 있다. 예로부터 서적을 '도서圖書'라 하였는데, 이것은 책과 그림이 관련 있음을 말한다. ≪한서·예문지≫ '논어류論語類'에 공자孔子 제자들의 ≪도경圖經≫ 2권이 있는데, 이것은 공자 제자들의 화상畫像이다. 또 '병서류兵書類'에 제가諸家의 병법兵法을 싣고 있는데 여기에도 그림이 부록으로 들어 있다. 뒤에 ≪수서隋書·경적지經籍志≫에도 수隋 이전 시기 그림이 있는 서적이 일부 실려 있다. 이것이 명대에 이르면 한층 더 발전하고 보편화 되어 그림이 있는 서적이 흔히 보이는데, 불서佛書·희곡戲曲·인물전기人物傳記 등에는 거의 모두 삽화가 있다.[37] 특히 ≪수호전水滸傳≫·≪서유기西遊記≫·'삼언三言'·'양박兩拍' 등의 문예류 서적은 그림으로 작품 내용을 나타내기에 적합하여 더욱이 그러하다. 이처럼 서적은 그림이 있으면 보기가 아름다울 뿐 아니라 독자들의 흥미를 이끌 수 있고, 또한 독자들이 그림으로부터 내용을 형상적으로 이해할 수 있도록 돕기

도 한다. 그렇기에 삽화본은 독자들의 환영을 받았고 사회에 널리 보급
되었으며, 이러한 서적은 판매가 잘 되었으므로 특히 많이 출판되었다.

위에 든 세 가지 주요 특징 외에, 기술적인 면에서 판각 방식의 다양
성38)과 형식적인 면에서 서명書名에 '신각新刻'·'비평批評'과 '전상全
像'·'수상繡像'·'출상出像' 등의 단어를 붙이고 책 말미末尾에 '간기刊
記', '교기校記' 등의 말을 부기한 경우가 많은 것도 이 시기 강남지역 출
판물의 특징이라고 할 수 있다. 출판시 이들 단어를 사용하는 것에는 두
가지 의미가 있다. 첫째는 이들이 새로 편집한 판본版本, 혹은 구본舊本을
새로이 편수한 뒤 판각하였다는 것으로서 옛 판본을 그대로 판각한 것이
아니라는 뜻이다. 둘째는 책 속에 정성 들여 판각한 도화가 있다는 뜻인
데, 그 최종 목적은 역시 독자의 관심을 끌고 도서 판매를 촉진하려는
것이다.

제 ❹ 장

명청대 강남지역의 문예출판

1. 소설출판

1.1 문언소설

　명청대 문언소설의 발전 과정에서 주목할 만한 현상 중 하나는 이전에 단편으로 전해지던 작품을 한데 모으거나 옛 서적에서 발췌하여 엮는 소설총집의 형태로 간행하는 경우가 매우 성행했다는 점이다.[1)]

　원래 총집總集이란 여러 사람의 작품을 모아 편집한 책이다. 이에 비해 한 개인의 여러 작품을 모아 편집한 책은 별집別集이라고 하며, 여러 종류의 서적을 모아 편집한 것은 총서叢書라고 하고, 어떤 분야의 작품을 일정한 방법으로 분류하여 편집한 '자료휘편資料彙編'의 성질을 띤 것은 유서類書라고 한다. 예를 들어 송대 유부劉斧의 ≪청쇄고의靑瑣高議≫, 증조 曾慥의 ≪유설類說≫, 명대 왕세정王世貞의 ≪염이편艶異編≫, ≪검협전劍俠傳≫ 등은 소설 총집에 해당하며, 송대 홍매洪邁의 ≪이견지夷堅志≫, 명대 구우의 ≪전등신화≫, 청대 포송령의 ≪요재지이≫ 등은 별집이라고 할 수 있다. 또, 송대 좌규左圭의 ≪백천학해百川學海≫, 원대 도종의陶宗儀의 ≪설부說郛≫, 명대 육즙陸楫의 ≪고금설해古今說海≫, 청대 ≪사고전서≫ 등은 총서인데 이 가운데 ≪설부≫와 ≪고금설해≫는 소설총서라고 할 수 있다. 한편, 수대 우세남虞世南의 ≪북당서초北堂書抄≫, 당대 구양순歐陽詢의 ≪예문유취藝文類聚≫, 명대 ≪영락대전永樂大典≫, 청대 ≪고금도서집성古今圖書集成≫ 등은 유서에 해당하며 송대의 ≪태평광기太平廣記≫, 명대의 ≪태평광기초太平廣記鈔≫는 소설을 전문적으로 다룬 유서라고 할 수 있다. 여기에서는 총집의 범위를 광의의 개념으로 사용하여 원래의 소설총집 및 소설을 전문적으로 다룬 소설 총서와 소설 유서를 모두 소설총집이라 칭하여 살펴보고자 한다.

① 소설총집의 발전

영가우寧稼雨의 ≪중국고대문언소설총목제요中國古代文言小說總目提要≫에 수록된 소설총집은 대략 200여 종에 달한다. 시기적으로 가장 이른 문언소설총집은 당대 진한陳翰이 집록한 ≪이문집異聞集≫으로 집일을 통해 당 전기傳奇 43편을 수록했다. 대형 문언소설총집은 단연 송대의 ≪태평광기≫를 꼽을 수 있는데, 이것의 출현으로 송대에 문언소설총집 편찬열이 시작되어 20여 종의 문언소설총집이 편찬되며 첫 번째 흥성기를 맞게 된다. 원대를 거쳐(8종), 명대에 이르면 소설총집편찬의 전성시기로 100여 종이 넘는 소설총집이 출현하는데 이것은 당시의 시대 상황과 밀접한 관계가 있다.

명초, 황제들은 전제통치를 공고히 하고 지식인들을 억누르기 위해 고대문화를 보존하고 전파한다는 명분하에 송대의 대형서적 편찬을 모방하여 ≪영락대전≫ 등을 편찬하게 하였으며 명 중기 이후 각서업의 발달로 인해 개인의 서적 출판이 활발해졌다. 관리들은 지방관으로 파견되면 돈을 들여 각서하기를 좋아했고[2] 또 출판한 책을 선물하기 좋아했는데 이를 '서파본書帕本'이라 했다. 각공들의 임금이 저렴해지고 인쇄에 필요한 종이나 먹 등의 제조 기술이 발전하였으며 경제가 발전함에 따라 시민계층 새로이 등장하였으며 늘어난 식자층의 오락거리로서 서적의 수요가 증가했다. 또한 강남의 문인들은 '사우유회師友遊會'3)를 기본적인 특징으로 하는 문학활동을 형성하였는데 귀신이나 괴이한 것을 즐기는 지역적 민간신앙을 반영하여 괴이한 것에 대한 담론을 즐겼으며4) 서로 경쟁적으로 소설을 창작하고 편집했다. 또한 서적상들은 독자들의 기호에 영합하여 소설이나 희곡 등을 대량으로 출판하였으며, 기술과 자본이 밑받침된 분량이 많은 총집, 총서, 유서 등의 출판이 가능해지자 대중들의 구미에 맞는 염정류, 검협류, 소화류 등의 소설총집이 출현하였다. 이는 문학 향수층인 작가와 독자의 취향과 시대적인 상업의식이 맞아떨어진 결과라고 할 수 있을 것이다.

청대에 편찬된 소설총집은 수적으로는 명대에는 못미치나 유형과 내용면에서 발전된 모습을 보이고 있다. 청대에는 단대성斷代性, 주제성[專題性] 총집이 많은데, 특히 당대인當代人이 당대인當代人의 작품을 선별하여 엮은 단대성 총집과 ≪여세설≫ 등 여성을 대상으로 한 주제성 총집이 증가하는 모습을 보여 강한 현실성과 시의성을 드러낸다.

② 소설총집의 유형

- 주제성 문언소설총집

명청대에는 한가지 주제로 작품을 모은 주제성 문언소설총집이 많이 등장했는데 예를 들면 염정류艶情類, 검협류劍俠類, 소화류笑話類 등으로 이 시대 소설총집편집의 큰 특징 중 하나라고 할 수 있다. 염정류 총집으로 왕세정의 ≪염이편艶異編≫을 들 수 있는데 그 내용은 크게 염정과 괴이한 것으로 나뉜다. 그 중 '이異'는 중국 고전소설의 오랜 제재를 계승한 것이지만, '염艶'은 왕세정이 정욕의 해방을 제창하는 시대정신을 반영한 것이라고 할 수 있다. ≪염이편≫은 성부星部, 신부神部, 수신부水神部, 용신부龍神部…기녀부妓女部, 남총부男寵部, 요괴부妖怪部, 귀부鬼部 등의 16부로 나뉘어 있는데 그 중 '남총男寵'은 이전에는 없던 새로운 것으로 명대사회의 동성애 현상을 반영해주는 것이라고 하겠다. 이후 왕세정은 ≪속염이편≫을 편집했고, 탕현조의 ≪적평염이편摘評艶異編≫, ≪비평속염이편批評續艶異編≫, 안아당安雅堂 중교重校 ≪고염이편古艶異編≫, 오대진吳大震의 ≪광염이편廣艶異編≫, 청대 유달兪達의 ≪염이신편艶異新編≫ 등이 나오게 되었다. ≪염이편≫이외에도 이러한 주제의 많은 소설총집이 나왔는데 매정조梅鼎祚의 ≪청니연화기靑泥蓮花記≫, 풍몽룡馮夢龍의 ≪정사情史≫ 등이 있다. 명대이전에도 남녀 애정에 관한 소설이 많기는 하였으나 염정 자체가 시대적 주조를 이루지는 않았다. 명대 중엽이후 인성과 욕망을 긍정하는 계몽사상이 전파됨에 따라 '호화호색好貨好色'과 '정욕'은 시대의 보편적인 사회기풍이 되었으며 백화소설과 문언소설 모두에 '염정'을 주제로 한 작품이 한 계열을 차지하게 된 것이다.

검협류 총집은 중국 전통의 '협俠'문화를 계승한 것이면서도 동시에 선명한 시대감을 보이고 있다. 왕세정의 ≪검협전≫은 당송대 협객이나 의사義士를 다룬 작품을 수록한 것으로 이 총집이 나온 이후 수많은 판본이 성행했다. 예를 들면 ≪염이편艶異編≫본, ≪고금일사古今逸史≫본, ≪중편설부重編說郛≫본, ≪오조소설五朝小說≫본, ≪당인설회唐人說薈≫본 등이 있다. 이후 속작도 많이 나와 주시아周詩雅의 ≪속검협전續劍俠傳≫, 서광徐廣의 ≪이협전二俠傳≫, 추지린鄒之麟의 ≪여협전女俠傳≫, 정관응鄭官應의 ≪속검협전續劍俠傳≫ 등이 편찬되었는데 특히 ≪여협전≫의 경우는 왕세정의 ≪검협전≫에서 여성 협의 고사를 증보하여 여성협객만을 다루었고, ≪이협전≫의 경우는 협객을 남자와 여자로 나누어 남자는 70명, 여자는 108명 수록하고 있다. 즉 명대에 이르면 여성영웅에 대한 평가가 전대와 달라졌음을 알 수 있다.

소화류 총집의 대표로는 풍몽룡의 ≪고금담개古今譚槪≫를 들 수 있다. 이 총집에는 역대 사서, 패관잡저 및 민간 고사 중의 소화고사를 담고 있는데 풍몽룡이 자료를 수집하여 문장을 다듬고 정리하여 분류한 것으로 완성 후 처음 세상에 내놓았을 때는 독자들의 반응이 거의 없었다. 그래서 제목을 ≪고금소古今笑≫로 바꾸어 다시 출판하자 날개 돋친 듯 팔렸다. 이어가 이에 대해 "같은 책인데 처음에 ≪담개≫로 이름 짓자 보려는 자가 드물었다. 그런데 이름을 ≪고금소≫로 바꾸니 아속雅俗이 모두 좋아하며 일찍 사지 못함을 한스러워했다. 이것은 인정人情이 이야기[談]를 두려워하고 웃음[笑]를 좋아함을 분명히 보여주는 것이다"5)라고 지적한 것처럼 명대인들은 유머러스한 웃음 속에 이야기하는 것을 즐겼고 때때로 그 안에 정치나 세상 인심에 대한 비판 등 훈계와 경세의 의의를 담기도 했다. 특히 민간에서 소재를 택한 이야기는 더욱 풍부한 문학성과 생동성을 갖추었다. 또 하나 명대소화총집의 특징은 이전과는 달리 편저자의 이름을 대부분 필명으로 대체하고 있다는 점이다. 즉 ≪해온편解慍編≫은 '낙천대소생樂天大笑生', ≪정선아소精選雅笑≫는 '취월자醉月子', ≪봉복편捧腹編≫은 '부백주인浮白主人' 등으로, 진짜 이름 대신 필명을 쓰고 있다. 이것은 소화고사들 중 정치를 풍자하는 내용도 있고, 민간에서 취하여 용속한 내용도 제법 있기에 정치적으로 연루되는 것을 피하고 문인으로서의 품위가 손상됨을 피하기 위해 자신의 실명을 밝히길

꺼린 결과라고 할 수 있겠다.

- 총서성 문언소설총집

송대 도종의陶宗儀의 ≪설부說郛≫가 명대 총서 편찬에 끼친 영향은 매우 지대하였다. 명말청초 강남의 서방에서는 ≪설부≫의 구판舊版을 얻어 몇 종만을 뽑아 편집하거나 목록을 바꿔 출판하는 일이 성행했는데 ≪금낭소사錦囊小史≫, ≪수변림하水邊林下≫, ≪군방청완群芳淸玩≫ 등이 바로 그러한 것이다. 이것들은 비록 전인들의 것을 답습한 것이지만 판각이 정교하여 나름의 가치가 있다.[6] 또한 ≪설부≫를 모방한 도정陶珽의 ≪설부속說郛續≫, 심정송沈廷松의 ≪명백가소설明百家小說≫ 등은 명대 문인들의 창작 실적을 반영하고, 당시 작품을 때맞춰 전파하는 데 도움이 되었다.

이 밖의 총서성 소설총집으로는 ≪오조소설五朝小說≫, ≪오조소설 휘편五朝小說彙編≫, ≪고금설해古今說海≫, ≪고씨문방사십가소설顧氏文房四十家小說≫, ≪고씨명조사십가소설顧氏明朝四十家小說≫, ≪사십가소설四十家小說≫, ≪후사십가소설後四十家小說≫, ≪광사십과소설廣四十家小說≫, ≪연하소설烟霞小說≫, ≪명현소설名賢小說≫, ≪패해稗海≫ 등이 있으며, 총서이기 때문에 앞에서 언급한 주제성 문언소설총집을 그 안에 수록하고 있는 경우가 많다. 이 중 영향력이 비교적 컸던 총집은 육즙陸楫의 ≪고금설해≫, 고원경顧元慶의 ≪고씨문방소설≫, 편자를 알 수 없는 ≪오조소설≫을 들 수 있는데, 수록된 서적이 광범위하고 희귀한 판본을 수록하여 중요한 가치가 있다.

총서성 문언소설총집은 도서출판업의 발전과 발맞춰 가정, 만력 연간 이후에 집중적으로 이루어졌으며, 오락성과 새로운 것(新)을 추구하는 취향에 영합하여 영리를 추구한 총서간행이 많았다. 엽덕휘葉德輝가 지적했듯이 같은 책을 달리 포장하여 내용을 산절刪節하거나 제목을 바꿔 출판하는 악습이 횡행했으나[7] 서방주들의 이러한 작태가 오히려 소설 전파에 도움이 된 면도 있다.

- 유서성類書性 문언소설총집

유서는 각종 자료를 분류하고 집성하여 검색에 사용하도록 한 일종의 공구서로,[8] 그 다루는 내용이 매우 광범위하여 일상생활에 매우 유익한 정보를 주었다. 이러한 까닭에 명청대에는 유서의 편집과 간행도 매우 성행했다. ≪사고전서≫에 수록된 상황을 살펴보면 '자부子部·유서류類書類' 존목存目에 모두 217부가 실려 있는데 그 중 명대가 87부, 청대가 44부로 거의 전체의 반을 차지한다. 또한 간행된 유서의 수도 매우 많은데, ≪초학기初學記≫, ≪예문유취藝文類聚≫, ≪태평어람太平御覽≫ 등 유서의 판본이 목판본을 포함하여 동활자본까지 여러 개가 되는 것을 보면[9] 명청대에 유서 간행에 대한 열정이 대단했음을 알 수 있다.

송대 이방李昉 등이 편찬한 ≪태평광기≫ 500권은 소설 제재의 성질에 따라 92 대류大類 하에 150여 세목細目으로 분류한 대형 유서로 그 인용서목이 475종에 달한다. 그러나 ≪태평광기≫는 간행 후 곧 후학에 그리 시급히 요구되는 것이 아니라는 논의가 있어 그 판목을 태청루太淸樓에 거두어 들인 채 주로 필사본으로 전해졌으므로 전파 범위가 그리 넓지 않았다. 그 후 명 가정 45년(1566)년 담개談愷가 당시 전해지던 필사본을 교감하여 조판 간행한 후 여러 차례 번각되었는데, 중요한 판본으로는 명대 융경연간 활자본, 가정연간 허자창각본許自昌刻本, 청대 건륭 18년 (1752) 황성黃晟의 괴음당중간허각본槐陰堂重刊許刻本 등이 있다. 이러한 ≪태평광기≫의 출판은 곧 문인들의 마음을 사로잡아 당송唐宋 설부說部 를 유행시키며 명청 문언소설 창작을 크게 촉진시켰다. 특히 풍몽룡은 ≪태평광기≫의 애호자로, 어려서부터 ≪태평광기≫를 읽으면서 그 넓고 도 오묘한 이야기를 좋아했다고 밝히며[10] ≪태평광기≫를 산절하고 교 정한 ≪태평광기초太平廣記鈔≫를 편집했다.

≪태평광기초≫는 '같은 것은 없애고 다른 것은 남긴다(去同存異)'는 원칙으로 합칠 수 있는 것은 합치고 체례를 정비하여 80권으로 축소 편 집한 것이다. 예를 들면 ≪태평광기≫의 '신선류'는 모두 55권인데 ≪태 평광기초≫는 이를 7권으로 압축하였고, 또 '신선'류를 '선仙'류으로 고 쳐 뒤편의 '여선女仙'류와 개념상 대조를 이루게 하였으며, 원래는 인간 이었는데 후에 신선이 된 사람들을 '신선神仙'이 아닌 '선仙'으로 범주를 정함으로써 좀 더 정밀한 분류가 될 수 있도록 했다. 또한 2,500여 편의 고사 중에 미비尾批 1,700여 조, 편말篇末 총평總評 200여 조 등 '평어評 語'를 덧붙여 놓아 독자들에게 해석상의 편의를 제공해주고 문장 기교를 분석하거나 문제점을 설명하여 ≪태평광기≫를 연구하는 데 좋은 자료 가 된다. 이밖에 청초 도작즙陶作楫의 ≪태평광기절요太平廣記節要≫, 육 수명陸壽名의 ≪속태평광기續太平廣記≫(가경5년 회덕당간본懷德堂刊本)도 ≪태평광기≫ 출판의 여파로 간행된 것이라고 할 수 있다.

왕기王圻가 편찬한 ≪패사휘편稗史彙編≫도 인용서목이 808종에 달하 는 대형 유서성 문언소설총집으로 실제로 이름만 있고 실례가 없는 것도 많은데, 이는 명대 출판의 악습 중 하나를 반영하고 있다. 문학성이 비교적 강한 것으로 명대 조야일사朝野軼事를 19류로 나누어 기록한 ≪문견만록聞見漫錄≫, 고금의 기인이사奇人異事를 다룬 ≪고금기문류기古今奇聞類記≫ 등이 있다. 풍몽룡의 ≪지낭智囊≫, ≪지낭보智囊補≫ 등은 고인들의 지혜과 술수를 다룬 것이다. 이러한 유서성 소설총집은 원래 광범위한 수집을 통해 검색의 편리를 도모하던 송대 유서와 달리 통속화의 경향이 강하고 아속공상의 오락성을 강조한 특색을 지녔다고 할 수 있다.

- 기타 특수체재의 문언소설총집(세설체世說體와 우초체虞初體)

≪세설신어≫가 나온 후 역대로 그것을 모방한 모방작이나 속작이 있었으나 명 가정시기부터 '세설체' 소설이 대거 창작되었는데 이것은 이 시기 ≪세설신어≫ 출판과 큰 관련이 있다. 가정 을미년(1535) 원경袁褧이 집에 소장하고 있던 육방옹陸放翁본 ≪세설신어≫를 출판한 것을 시발로, 왕세정王世貞간본, 능몽초凌濛初의 삼색투인비점본三色套印批点本 등 여러 간본이 출판되었다. 특히, 원경의 가취당본嘉趣堂本은 세심한 교감으로 인해 선본으로 칭송받으며 문인들의 환영을 받았으며, 능몽초본은 당시 발전된 채색인쇄 기법을 활용하고 유진옹劉辰翁, 유응등劉應登, 왕세무王世懋 등의 비점批點을 덧붙여 명대 각서의 특징을 잘 반영하고 있다. 이러한 여러 판본의 존재는 ≪세설신어≫를 널리 보급하여 보통 문인들에게 많은 독서 기회를 가져다 주었다. 호응린胡應麟이 "유독 ≪세설신어≫가 성행했다. 가정, 융경 연간 척독尺牘, 시사詩詞에 [≪세설신어≫의 고사를] 취하지 않은 것이 없었다(獨≪世說≫盛行. 嘉, 隆間尺牘, 詩詞, 靡不採掇)"[11)라고 한 데에서도 그 성황 사실을 엿볼 수 있다.

가정연간 이후 간행된 '세설체' 소설로는 하량준何良俊의 ≪어림語林≫,

초횡焦竑의 ≪옥당총어玉堂叢語≫, 주응치周應治의 ≪하외진담霞外塵談≫, 이소문李紹文의 ≪명세설신어明世說新語≫, 오숙공吳肅公의 ≪명어림明語林≫, 왕탁王晫의 ≪금세설今世說≫ 등을 들 수 있다. '세설체' 소설총집의 큰 특징 중 하나는 현실성과 시대감이 크게 강화되었다는 점을 들 수 있다. 특히 당대인當代人이 당대當代의 인물 및 사적을 기록하며 일정한 시효성을 가졌는데 독자에게 익숙한 사람과 사건에 대해 씀으로써 쉽게 독자의 흥미를 끌어당겨 널리 전해질 수 있었다. 또한 ≪세설신어≫의 원 분류 원칙을 그대로 따르지 않고 나름의 기준으로 분류하여 독특한 풍격을 지니고 있다. 예를 들면 ≪하외진담≫의 경우 은일隱逸과 고상한 기상을 주로 다루면서 하상霞想, 홍명鴻冥, 염상恬尙, 광람曠覽, 유상幽賞 등으로 분류하였다. 또 이지李贄의 ≪초담집初潭集≫의 경우는 유가儒家의 오상五常으로 분류하였는데, 전통적인 순서를 따르지 않고 '부부'를 가장 앞에 두어 부부, 부자, 형제, 군신, 붕우의 순으로 분류했다. 이것은 이학에 반대하여 개성과 정감을 주장한 이지의 사상적 배경이 그대로 드러난 것이라고 할 수 있을 것이다.

'우초체'는 명대에 나타난 독특한 소설총집이다. '우초체'의 시초라고 할 수 있는 ≪우초지虞初志≫는 주로 당대唐代 전기 지괴 명편을 수록하고 있는데 간행 시기는 대략 담개의 ≪태평광기≫보다 앞서며 교감이 훌륭할 뿐 아니라 당 전기의 보존과 전파에 중요한 의의가 있다.[12] 탕현조湯顯祖가 편집한 ≪속우초지續虞初志≫는 ≪우초지≫의 내용에 평어를 덧붙여 독자에게 도움을 주고 있으며, 등교림鄧喬林의 ≪광우초지廣虞初志≫도 전대의 전기를 선별하여 편집하고 있다. '우초체' 계열의 선집도 시대적 산물이라고 할 수 있다. 명대 경제가 발전하고 문화적 요구가 높아짐에 따라 각종 통속 독서물 및 오락성 독서물에 대한 수요도 높아졌으며 전인들의 작품이나 당대인의 작품 중에서 좋은 작품을 선별하여 간행하는 것이 유행했던 것이다. 특히 청대 장조張潮가 편집 간행한 ≪우초신지虞初新志≫ 이후 ≪우초속지虞初續志≫, ≪우초근지虞初近志≫ 등은 당대인當代人의 작품을 그들의 문집에서 선별하여 모아 간행한 것으로 매우 강한 시대성을 지니고 있다.

③ 소설총집의 의의

명청대 문언소설총집은 문학적인 측면뿐만 아니라 문헌학 상에도 많은 가치를 지니고 있다. 즉 원래 총집은 이전 시대의 많은 소설 작품의 원형을 보존하고 있으므로 소설작품의 집일, 교감에 도움을 주며, 또 기사체記事體 문장, 실록성의 작품이 많아 각 시기 각 방면의 상황을 상세하게 기록하여 정사正史를 보충하는 보사補史의 기능을 한다. 나아가 명말 휘주 출신 왕운정汪雲程이 편집한 ≪일사수기逸史搜奇≫는 한대에서 명대까지의 전기소설을 수록하고 있는데 序에서 '기이한 것을 수집하게 하여 일사를 보충하는 데 사용한다(爰命搜奇, 用補逸史)'라고 하여 소설이 일사를 보충한다는 관념을 드러내고 있다.

문학적인 측면에서 보자면 소설 총집은 후세문학에 많은 영향을 주었는데 특히 후세 소설과 희곡 방면에 다양한 제재를 제공하고 있다. 또한 고대문언소설총집의 편집 형태에는 편찬자의 감상기준과 심미적 관점이 드러나고 있다. 작자인 동시에 총집 편찬자인 경우(풍몽룡 등), 일정 수준 이상의 문화수준과 풍부한 창작 경험을 가지고 총집을 편찬, 예술적인 총괄을 시도하여 문학창작에 영향을 주었다. 또한 하나의 총집 출판이 비슷한 계열의 총집의 출판을 유도하여 '광기'시리즈, '세설'시리즈, '우초'시리즈 등으로 불리는 유형별 총집을 탄생시켰다는 점도 주목할 만하다.

④ 문언소설 출판의 문화적 후원양상

개인의 장서 취미는 그 기원이 오래된 것이지만 명청대 강남에서 많은 장서가들이 배출된 것은 도서 출판의 발전과 관련이 깊다. 장서가는 출판된 도서의 소비자이자 그들 자신이 도서 출판을 담당하는 주체였기 때문에 명청대 장서 열풍은 도서의 유통에 큰 도움이 되었다. 이러한 개인의 장서는 문언소설의 흥성에도 많은 영향을 주었는데 주로 문언소설의 보존과 유통 방면에 있어서 그러하다.

많은 장서가들이 소설에 관심을 가지고 소장하였으며 그 가운데는 진귀한 비본秘本도 섞여 있었다. 유석계鈕石溪의 세학루世學樓에 소설 수백종을 소장하고 있었는데 만력 연간 상준商濬이 여기에서 소설을 빌어 ≪패해稗海≫를 간행했다. 또한 이들 장서가들이 소장한 소설류들이 외부로 개방되면서 이들 장서루의 사회문화적 기능이 크게 발휘되었다. 예전에는 장서가 본인만을 위한 장서루였는데 황징량黃澄量, 구준, 주영년, 계복 등 많은 명청대 장서가들은 기꺼이 장서를 다른 사람들에게 빌려주며 장서루를 개방할 것을 주장했다. 문인들은 장서가의 도움으로 많은 서적을 읽고 복제했으며, 이들이 필사한 초본과 각본들이 전해지며 문화의 번영을 이끌 수 있었다.

장서가로서 소설을 집일하고 출판한 이로 장주長洲의 고원경顧元慶을 들 수 있다. 그는 이백당夷白堂의 장서 중에 선본을 가려 문언소설총서 여러 종을 간행했는데 ≪고씨명조사십가소설顧氏明朝四十家小說≫에는 송 원대에서 명 홍치 연간에 이르는 설부 41종을 모아 놓았으며 그 가운데 에는 자신의 소설도 7종 들어 있다. ≪고씨문방소설顧氏文房小說≫은 한 위에서 송대에 이르는 문언소설 명편 40종을 합각한 것이다. 또 원경袁褧 은 석반재石磐齋에서 문언소설총서 ≪사십가소설四十家小說≫, ≪후사십 가소설後四十家小說≫등을 편집 간행하고 ≪세설신어≫를 간행했다.

　　전문적으로 소설총집을 간행한 것은 아니지만 장서가가 대형총서를 편 찬할 때 그 안에 많은 문언소설이 포함된 경우도 있다. 상숙常熟의 모진 毛晉이 간행한 ≪진체비서津逮秘書≫에는 송원대 설부說部가 다수 수록 되어 있다. 모진은 이전 사람들이 책들을 임의로 산절하여 불완전한 본 을 짜깁기 하는 폐단을 근절하고 정성을 기울여 교감, 집일하여 모범적 인 출판 풍조를 선보였다. 이 밖에 청대의 장서가 장해붕張海鵬의 ≪학진 토원學津討原≫에도 설부편목이 매우 풍부하게 실려 있다.

　　서방주가 책을 출판할 때는 주로 영리를 추구하여 내용의 질을 크게 살피지 않았고 또한 생산단가에도 제한을 받았지만 장서가들은 이들에 비해 상업화 경향이 거의 없었다. 각서를 통해 후세에 도움을 주겠다는 문화적 사명감으로 교감, 집일에 정성을 기울였으며 각서에 필요한 자금 을 아끼지 않았다. 이러한 장서가의 활동은 문언소설 출판을 정신적 물 질적으로 지지한 것으로 문언소설의 흥성에 큰 영향을 주었다고 할 수 있다.

1.2 백화소설

오락 문화에 대해 엄격한 태도를 견지했던 명초의 분위기는 정덕·가정 연간에 이르면 많이 느슨해진다. 경제가 점점 풍요로워지고 명 태조 주원장이 정했던 엄격한 정책들이 더 이상 적용되지 않는 상황에서 황제부터 사대부까지 즐거움을 추구하는 풍조가 점점 성해졌다. 상층부의 태도가 변하자 하층민도 따라서 변해 오락거리를 제공하는 통속소설이 큰 인기를 끌게 된다. 예를 들면 정덕 황제도 ≪금통잔당기金統殘唐記≫를 즐겨 읽었고 신종인 만력 황제도 ≪수호전≫을 즐겨 보았다고 한다. 진대강陳大康의 ≪명대소설사≫ 부록 <명중후기 관원官員·명사名士와 통속소설 관계 간표簡表>에서는 통속소설과 관련된 인사가 모두 63명 거론되고 있다. 이들은 소설에 품평을 하거나 장서로 소장하고 서발을 짓거나 혹은 아예 창작을 하기도 하였다. 예를 들어, 장서가로 유명한 기표가祁彪佳는 자신의 일기에서 소설에 대한 호감을 표하며 숭정 을해년(1635) 십여 일 동안 자신이 본 소설에 대해 적고 있다. 이것으로 볼 때 이 당시 문인들이 소설 읽기를 매우 좋아 하였고 소설에 대한 수요가 많았음을 알 수 있다.

명 중엽 도시 각 계층의 소설에 대한 이러한 수요는 소설 간행의 번영을 촉진시켰다. 명대 가정 이전의 소설 출판은 주로 내무內務나 번부藩府에 집중되어 있었고, 문인 간에는 ≪전등신화剪燈新話≫등과 같은 문언소설이 주로 유행하였다. 통속소설은 주로 소수의 필사본 형태로 떠돌아다녔는데 유명한 오문吳門의 명사 문징명文徵明도 ≪수호전≫을 필사하였다고 한다. 가정연간 이전에는 통속소설 특히 장편 장회소설의 간행은 아직 침묵기에 처해 있었다. 그러다가 가정연간에 ≪삼국지통속연의≫ 24권이 간행된 것을 발단으로 하여 개인 각서업의 발달과 함께 방각본 통속소설의 출판이 활발하게 이루어진다. 서방주書坊主들은 한편으로는 ≪삼국지연의≫·≪수호전≫ 등의 베스트셀러들을 간행하면서 많은 돈을 들여 별로 인기가 없는 작품을 구매해 출판하기도 하고, 다른 한편 문인들에게 통속소설을 창작해 주기를 청해 간행하였는데 이것들 역시 잘 팔려나갔다.

연구자들의 조사에 따르면 강남지역(오월지역)의 서방은 대략 207개 정도 있었는데 이 중 통속소설을 간행한 적이 있는 곳은 약 69개 정도 이다. 특히 복건성 건양建陽의 소설은 '사대기서' 중의 ≪삼국지연의≫, ≪수호전≫, ≪서유기≫를 위주로 하는 데 비해, 강남의 서방 및 개인 각서는 '사대기서'를 포함 공안소설·지괴·필기·의화본 등 각종 유형의 소설을 두루 아우르고 있다. 특히 의화본 소설은 기본적으로 강남지역 서방에서만 출판되었다.13)

학위소지자들의 증가와 문자를 접하게 되는 시민 계층의 증가로 문자를 오락과 여가 선용의 수단으로 활용하는 중간적 지식인들이 소설과 희곡 같은 통속문학의 창작과 전파에 관여하는 경우가 많아졌다. 이들이 통속문학의 창작에 참여하게 된 직접적인 동기는 대중들의 수요에 영합하여 경제적 이득을 챙길 수 있었기 때문이고, 서방주들은 이에 기대어 독자들에게 호소하여 영리를 추구할 수 있었으니 문인들의 통속소설 창작과 서방주인의 통속소설 간행은 쌍방 간에 윈-윈 효과를 얻을 수 있었던 것이다. 더욱 근본적으로 따지자면 전혀 알지 못하는 사람이 자신의 호주머니에서 돈을 꺼내 책을 사는 행위는 작가를 진정으로 인정한다는 것이고 그의 역량을 믿는다는 표시이다. 즉 창작되고 간행된 통속소설들은 시민 독자들이 보고 듣기 좋아하는 것을 다룬 것이며 시민들의 생각, 정서를 반영하기에 환영을 받은 것이라고 할 수 있다.

처음에는 기존에 있던 소설들을 구입하여 소설을 간행하던 서방주들은 시장의 수요에 맞춰 새로운 소설 원고를 구하기 위해 적극적으로 방법을 고안하였다. 풍몽룡과 같은 문인들에게 원고를 청하기도 하고 고용과 초빙의 형식으로 주위에 하층문인들을 모아 조직적으로 창작하게 하기도 하였다. 다시 말하면 당시 문인 결사의 활동이 활발했던 시대적 분위기의 영향 하에 종종 하층문인과 서방주 간에도 사단社團이 결성되었다고 볼 수도 있겠다. 등지모鄧志謨가 편한 ≪신각일찰삼기新刻一札三奇≫에 '사우숙맹보모자교교社友淑孟甫毛士翹校'라고 한 것, 명말 주지표周之標가 선평選評한 ≪향라치香螺卮≫에 '동사서문형이평보참정同社徐文衡以平甫參訂'이라고 한 것, 풍몽룡의 ≪증광지낭보增廣智囊補≫ <자서>에 '사우덕중씨社友德仲氏'라고 한 것 등에서 보이는 '사우社友'·'동사同社' 등은 이들 문인들이 소설 편찬·비평·출판 과정 중에 결성된 사단에서 서로를 호칭한 것으로 여겨진다.[14] 문학적 취향이 비슷한 문인들과 서방주와의 결합은 점점 독창적이고 새로운 경향의 소설 작품, 예를 들어 시사소설時事小說이나 재자가인소설才子佳人小說 등의 창작을 가능하게 하였다.

한편, 명청대 장회소설의 책값은 일반인들이 엄두를 내지 못할 정도로 비쌌다. 예를 들어 일본 내각문고에 소장되어 있는 ≪봉신연의≫의 겉장에 찍혀 있는 가격은 '문은紋銀 2량'이고 ≪열국지전≫은 '문은 1량'인데, 만력 연간 고용 노동자의 한 달 수입은 쌀 1석石을 살 수 있는 정도인 '백은白銀 1량반'이었다고 한다. 이렇게 책값이 비싼 것은 책을 출간하는 방식이 목판 인쇄 위주이기 때문에 서방주인들의 관심이 상대적으로 대형 서적에 집중된 탓이라고 할 수 있을 것이다. 그러므로 서방에서 간행되는 소설들은 기본적으로 값이 비싼 장편 장회소설이거나 일정한 분량을 채운 단편 선집이 주를 이루었다. 그러므로 당시 사회에서 소설책은 어느 정도 경제적 여유를 갖춘 부유한 계층 즉 관료를 중심으로 한 지식인들, 부유한 상인 및 그들의 처첩들이 즐기던 대상이었을 것이다.

이러한 '고급 독자'를 소설 판매의 대상으로 설정함으로써 점차 소설 평점본評點本들이 유행하게 되었다. 명청대 소설 평점이 흥성하게 된 원인으로 전통적인 주석학, 당송이래 발달한 시문 평점, 명청대 과거시험에서 취한 팔고문법八股文法 등의 영향을 꼽는 것이 일반적인 견해이다. 그러나 더 나아가 평점본을 당시의 사회적인 풍조와 출판업의 발전 상황과 연결하여 생각하여 보면 다음의 세 가지 점을 지적할 수 있겠다.

과거시험을 준비하는 문인들은 팔고문을 중시하였고, 이에 따라 서방에서는 과거시문科擧時文(팔고문) 선본選本, 비점본批點本 등 과거시험과 관련된 수험서를 많이 간행하게 되었다. 정진탁鄭振鐸이 "명나라 사람들이 문장에 비점을 다는 습관은 팔고문 묵권에서 시작된 것으로 점차 고문에도 비점을 달고,≪사기≫와≪한서≫에도 비점을 달더니, 결국 경서와 제사서 모든 옛 작품에도 두루 퍼졌다. ≪비점고공기批點考工記≫ 역시 이러한 책 중 하나이다"[15]라고 지적하였듯이 팔고문에서 시작된 명대 비점문은 당시 각종 문체에 모두 영향을 미쳤다. 시문 평점과 간행은 소설 평점과 간행에 참고와 본보기가 되었는데, 서방은 시문 평점본 간행으로 이윤을 취함으로써 평점본의 시장성을 검증하고, 문인들은 시문 평점을 통해 소설 평점을 위한 경험을 축적하였다. 이와 같이 서방과 문인들은 협력하여 소설 평점을 유행시킬 수 있는 분위기를 몰아갔다.

또한 소설 평점은 독자의 독서 수요를 고려한 것이며, 독자와 작자를 소통시키는 중요한 교량역할을 하였다. 이지는 ≪충의수호전서忠義水滸全書≫ <발범發凡>에서 평점이란 "작자의 뜻을 이해할 수 있게 하고 보는 이의 마음을 즐겁게 해주는(能通作者之意, 開覽者之心)" 것이라고 하였다. 즉 평점을 통해 작자의 의도를 헤아리고 정확하게 해석할 수 있도록 돕는 것이 목적이므로 소설평점은 하층 독자의 요구에 맞추는 방향으로 발전하였다.

서방의 각도에서 볼 때 소설 평점은 일종의 편집 행위를 넘어서서 적극적인 광고 수단이 되기도 하였다. 소설의 판매전략으로서 서방에서는 소설의 작가나 편찬자 혹은 평점가를 당시 대중들에게 칭송을 받는 유명한 작가나 문인으로 내세우는 일이 많아졌다. 유명 문인이 실제로 직접 참여한 경우도 있지만 이지李贄의 경우처럼 그 명성이 이용되는 경우도 많았다. 주량공周亮工이 ≪서영書影≫에서 지적하였듯이 ≪수호전≫은 엽주葉晝가 이지의 이름을 빌려 쓴 것이었다.

또한 '고급 독자'를 위해 작가들은 저급한 내용의 이야기에 시사詩詞를 삽입하거나 소설의 내용을 역사나 진지한 철학서에 꿰맞추는 평론을 덧붙였다. 시사나 평점은 아문학에 길들여진 고급독자의 구미에 맞추기 위해서 행해진 것이었으며, 특히 평점은 기존의 시문 평점의 방법을 효과적으로 활용하여 작품의 이해를 돕는 동시에 시문의 권위를 모방함으로써 궁극적으로는 소설의 가치를 높이고자 한 고도의 전략이라고 볼 수 있다.

2. 희곡출판

가정·만력 연간 이후 희곡을 중심으로도 그 이전과는 비교가 되지 않을 정도로 엄청난 변화와 발전이 있었다. 예를 들면 ≪사성원四聲猿≫, ≪보검기寶劍記≫, ≪명봉기鳴鳳記≫, ≪완사기浣紗記≫ 등의 작품들은 두드러진 투쟁정신으로 문인 전기傳奇의 기존의 작품을 일신하였고, 희곡 이론·비평 방면에서도 이개선李開先·왕세정王世貞·하량준何良俊 등 명사들이 참여하였다. 또, 이지李贄·서위徐渭 등이 제기한 연극이론들은 중국문예이론사에서 희곡의 위상을 한 단계 높여 주었다.[16]

명말 강남의 출판시장에서는 복건 등지의 서상들이 보급판을 중심으로 독자층을 확보하려 했던 것과는 달리 통속문예의 고급화·차별화에 힘을 썼다. 사조제는 오흥의 문인이자 출판업자인 능몽초가 ≪장자≫·≪이소≫ 등의 정통문학서의 출판에는 관심을 보이지 않고 반대로 ≪수호전≫·≪서상기≫·≪묵보≫ 등 희곡·소설·서화첩 같은 통속서에 대해서는 지나치게 정성을 쏟고 투자하고 있다고 비난했다.[17] 즉 당시의 서방주들은 희곡이나 소설 등 통속문예가 더 매력적이고 이윤 창출이 높은 출판물이라는 것을 알고 있었다. 이러한 분위기 속에서 희곡과 같이 시청각 효과를 중시하는 장르는 그 특성상 더욱 고급화를 추구하게 되었다.

강남의 출판업자들은 희곡 출판에 있어 시각적인 효과의 극대화를 위해 희곡의 줄거리를 삽화로 그려 넣기도 하고, 화려한 색채감을 주기 위해 채색인쇄를 선택하기도 하고, 고급스러운 느낌을 위해 화려한 문양의 테두리 장식을 하기도 하였다.

희곡에 삽화가 사용되는 것은 명대 중기 이후 방각본에서 공통적으로 나타나는 특징으로 지식수준이 낮은 시민독자에게 독서에 대한 흥미를 자극시키는 역할을 했다. 남경의 당씨唐氏 부춘당富春堂·세덕당世德堂·문림각文林閣·광경당廣慶堂, 진씨陳氏 계지재繼志齋, 왕씨汪氏 환취당環翠堂 등 유명 서방에서 대량의 삽화를 활용하였다. 남경 지역에서는 복건의 각공을 초빙하여 '전상全像, 전상全相'식으로 전면에 걸쳐 삽화를 배치하였고, 소주·항주에서는 휘주 출신 각공들을 초빙하여 원형의 화면 속에 그림을 그리는 '월광판月光版' 삽화를 선호하였다. 소주의 경우는 당인唐寅·구영仇英·남영藍瑛·동기창董其昌 등 유명 화가들까지 삽화 작업에 참여하여 희곡 삽화를 예술적 차원으로까지 끌어올렸다. 만력 이후 휘파 판화기술이 전 지역에 영향을 미치고 여기에 채색인쇄, 테두리 장식 등의 기교가 더해지며 거의 모든 희곡 도서에 삽화가 필수 요소가 되었다.

숭정 13년(1640) 민제급閔齊伋이 간행한 ≪서상기≫ 판본은 현재까지 남아 있는 거의 유일한 명대 채색 삽화본으로 출판업자 사이의 경쟁 속에 희곡 삽화가 극도로 호화스러워지고 있었음을 알 수 있다. 나아가 진홍수陳洪綬가 삽화를 그린 또 다른 판본 ≪장심지선생정북서상기비본張深之先生正北西廂記秘本≫(1639)의 삽화를 살펴보면 삽화가 그저 단순히 시각적인 효과만을 위해 부수적인 장치로 삽입된 것이 아님을 발견하게 된다. 삽화의 한 장면 <규간窺簡>은 병풍 뒤에서 홍낭紅娘을 통해 전달받은 장생張生의 편지를 몰래 읽는 앵앵鶯鶯과 병풍 모퉁이에서 그 모습을 호기심 어린 눈길로 바라보는 홍랑의 모습을 그리고 있다. 진홍수는 시각적으로 충실히 스토리를 전달하는 데 만족하지 않고 삽화를 통해 이 유명한 희곡을 창조적으로 재해석하려고 노력하였다. 이 삽화는 많은 상징성을 띠고 있다. 삽화에서 병풍은 중요한 역할을 하는데, 병풍을 장식하는 그림은 장생의 편지를 읽는 앵앵의 미묘한 감정을 나타내고자 하였다. 즉 사랑을 암시하는 한 쌍의 나비가 장생과 앵앵의 사랑을 상징적으로 표현하고 있는 것이다. 이와 함께 사랑을 뜻하는 '연戀'과 동음이어인 '연蓮'은 연인들의 사랑을 강조한다. 진홍수는 창조적인 삽화를 통해 현실과 이상의 괴리, 혼란한 현실에 대한 비판을 아이러니하게 표현했던 것이다.[18]

남경 부춘당 간본은 서적의 미관에 신경을 많이 썼는데, 전통적인 판식에서 벗어나 테두리를 화려한 문양으로 장식하고는 서명에 '화란花欄'이란 두 글자를 덧붙였다. 부춘당에서 간행한 ≪신각출상음주화란한신천금기新刻出像音注花欄韓信千金記≫・≪신각출상음주화란남조서상기新刻出像音注花欄南調西廂記≫ 등의 서명을 보면 알 수 있다.

명대 출판시장에는 문인과 서방주 사이에 밀접한 협력관계가 존재하고 있었고, 이들 사이를 보다 긴밀하게 만든 것은 평점評點이라는 독특한 방식이었다. 시문 평점에서 비롯된 것이 명말이 되면 소설과 희곡에도 평점본이 출현하였고, 서방의 판매전략으로 이후 경쟁적으로 평점이 이루어졌다. 만력연간부터 약 70여 년 동안 출판된 평점본이 150여 종에 달했다는 사실에서도 평점본에 대한 당시 독자들의 반응이 얼마나 뜨거웠는지 짐작할 수 있다.[19] 평점은 도서의 품격을 격상시켜 줄 뿐만 아니라 독자들에게 작품에 대한 평론, 작가의 창작의도, 창작사상, 창작과정에 대한 소개 등 독서에 유익한 지식과 조언을 제공해주었다. 그러나 소설 평점과 마찬가지로 경우에 따라 명망 높은 문인들의 이름을 가탁하여 출간하기도 하였다. 이러한 평점 작업은 작가와 서방주 간의 협력관계를 돈독하게 만들면서도 그들이 독자와의 의사소통을 할 수 있는 장을 마련했다는 점에서도 그 의의가 크다.

또한 원본에 대한 교정 작업은 서방주가 희곡 서적의 질에 신경을 쓰고 있었음을 알려준다. 부춘당의 경우 기진륜紀振倫(진회묵객秦淮墨客)·주소재朱少齋·녹균헌綠筠軒 등이 희곡 교정에 참가하였다고 표방하였는데, 이들은 모두 희곡 작가들로서 희곡을 잘 이해하는 전문가들이었다. 그러므로 이들이 교정한 간본들은 내용의 질을 높여 지명도 있는 간본이 되었으며, 이러한 점은 분명 희곡 서적 판매에도 영향을 주었을 것이다.

희곡은 연극이라는 공연예술로서의 특성을 가지고 있어서 이 시기 희곡 텍스트도 실제적인 공연을 염두에 두고 평점과 비슷한 형태인 음석音釋·점판點板을 본문 옆에 표기하였다. 음석은 읽기 어려운 글자의 발음을 설명한 것이고, 점판은 특정 곡문 옆에 박자를 나타내기 위해 특수한 기호로 표시한 것이다. 모두 독자가 곡문을 노래하기 수월하도록 서비스해 준 것이다. 이것은 희곡이 단순히 읽을거리에 지나지 않고 연극 종사자나 노래에 관심이 있는 독자들에게 미리 공연을 음미하거나 노래를 따라할 수 있게 공연예술로서의 특성을 한껏 반영한 것이다.

이러한 고급화를 지향한 상품화 과정은 희곡서의 판매 원가를 높이는 요인이 되기도 하였지만 이러한 과감한 투자가 구체화될 수 있었던 것은 당시 고급 독자인 문인들 사이에 희곡에 대한 선호도가 높아 판로를 걱정할 필요가 없었기 때문일 것으로 생각된다.

독서시장에서 인기를 모으는 희곡 및 관련 서적들의 대량 유통은 희곡 담론의 활성화를 가져왔고 또한 공연활동의 활성화를 가져와 연극의 발전에도 기여했다. 강남의 재력가나 문인들 사이에 자신의 개인 극단인

'가반家班'을 조직 운영하는 사례도 많았고, 오강파吳江派·월중파越中派·소주파蘇州派 등의 희곡 동호인 결사가 성행하였다. 이들이 제기한 희곡이론들은 희곡 독서나 연극 감상에 큰 영향을 미치며 희곡 창작·비평·이론·공연 등 희곡문화를 더욱 발전시키는 계기를 마련해 주었다

【그림 1】 平仄과 點板 등이 표기된 曲譜의 예 ≪남곡구궁정시≫

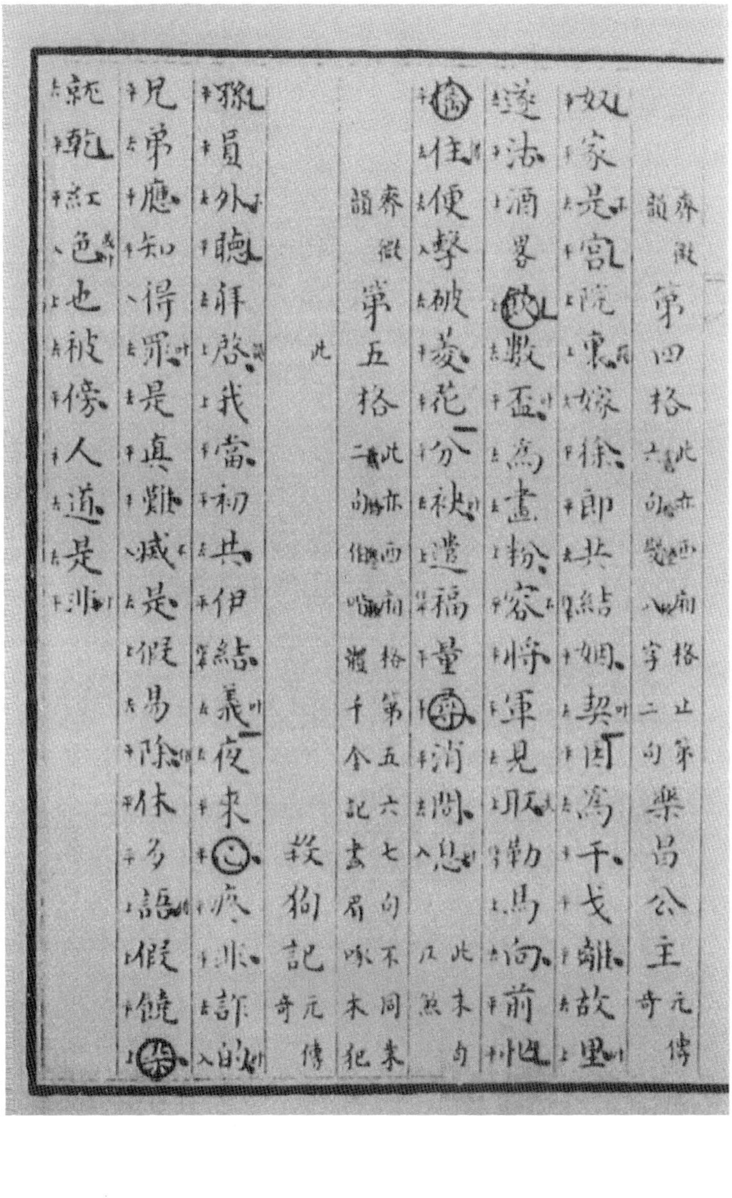

부록 – 명청대 강남지역 장서 문화

책은 인류 문명의 산물이다. 그리고 책과 학자는 밀접한 관계이며 학자 가운데 평생의 정력을, 심지어는 몇 대에 걸쳐서 책을 모으는 일에 바친 이들도 많다. 이들은 책을 위해 침식을 잊기도 하고, 가산家産을 탕진하기도 하였다. 아마도 책을 모으는 일, 정확히는 책을 모아 지니는 '장서藏書'가 학자들의 달콤한 사업이었기에 가능했을 것이다. 중국은 역대로 장서활동과 장서루의 형태가 매우 다양했는데 그들의 성질과 소유주에 따라 대체로 황실위주의 관부장서官府藏書, 개인장서個人藏書(사가장서私家藏書), 당대唐代 이후의 서원장서書院藏書와 사원장서寺院藏書의 네가지 유형으로 구분할 수 있다. 본편에서는 이 가운데 사가장서를 중심으로 살펴볼 것이다.

장서藏書와 장서루藏書樓의 역사를 보면 기본적인 특징을 발견할 수 있는데, 이는 사회가 안정되고 경제와 문화, 과학기술이 발전한 시기에 장서사업이 활발하고 대량의 장서가가 나타난다는 점이다.

명청시기明淸時期 강남江南은 많은 장서가들을 배출하였다. 예컨대, 엽성葉盛, 전겸익錢謙益, 전증錢曾, 장해붕張海鵬, 장금오張金吾, 황비열黃丕烈, 황정감黃廷鑒, 구용瞿鏞 등을 들 수 있는데, 이들은 중국 역사에서 대표적인 장서가들로 꼽힌다. 여기서 '강남江南'은 장강長江 중하류 지역 문화권역Cultural Region을 통칭하지만, 좁은 의미로는 그 하류 삼각주 지역의 강소성江蘇省·절강성浙江省 및 안휘성安徽省 일부에 형성된 '오월문화吳越文化'지역을 의미한다. 이 지역은 남송南宋 이후 줄곧 중국 경제 문화의 중심지였지만, 특히 16세기 중엽에 이르러 예술문학 분야에서 새로운 전성기를 맞이하였다.

이 지역에서 많은 장서가들을 배출한 것은 당시 강남 지역이 문화가 발달하고 학술이 창성하여 일반적으로 문화 소양이 높고 독서 열기가 높았던 것에서 비롯된다. 장서가는 출판된 도서의 소비자이자 그들 자신이 도서 출판을 담당하는 주체이기도 하였다. 그리고 이러한 장서가들의 활동은 강남 지역의 높은 문화소양을 반영하는 것임과 동시에 이러한 문화적 분위기를 고양시키는 역할을 하였다.

그리고 '장서루藏書樓'는 사실 관방官方이나 민간단체와 개인이 도서문헌을 수장하는 장소이자 동시에 책의 주인과 학자들이 모여 독서하고 연구하며 아울러 도서에 대한 고증考證과 교감校勘을 하는 장소이기도 하다. '장서루藏書樓'라는 용어에서 다양한 형태의 '루樓'를 떠올리기 쉬운데, 일반적으로 장서루의 의미는 광범위해서 고대의 모든 관방이든 사가私家든 도서문헌을 수장한 장소를 가리키는 것으로 쓰였다. 건축 형식은 반드시 '루樓'일 필요는 없었고, 이름 또한 모두 루樓로 명명한 것은 아니었다. 명칭은 보통 루樓·각閣·당堂 등을 붙였는데 이는 명청대에 유행한 것으로 보이고, 산방山房이나 재齋를 붙인 곳도 있다. 또한 하나의 장서처藏書處에 여러 이름을 붙인 곳도 있고, 이름만 있고 수장한 도서가 많지 않은 곳도 있다.

장서루의 주인 가운데 일부는 자신이 수장한 도서를 이용하여 질 좋은 서적을 간행하기도 하였다. 물론 고대 장서루의 지위와 작용은 지금은 이미 도서관에 대체되었지만 장서가와 장서루의 영향은 오늘날 문화 전반에 걸쳐 남아 있음을 볼 수 있다.

여기서는 '장서'가 중국의 학술을 비롯한 문화 전반에 걸쳐 다양한 영향을 주었다는 관점하에 중국에서 장서활동이 가장 왕성했던 명청시기, 강남지역을 중심으로 장서가의 문화적 역할과 공헌, 그리고 장서루의 기능 등을 위주로 설명하고자 한다.

1. 명청대 강남지역 장서의 특징

1.1 시대적 특징

① 대량의 장서가 배출

장서가에 대해 정확한 통계를 내는 것은 쉽지 않은 일인데, 이는 장서가의 기준이 뚜렷하지 않기 때문이다. 건륭乾隆 39년(1774년) 7월 25일, 도서 수집을 위하여 다음과 같은 유지諭旨를 내린 바 있다. "각 성에서 바친 서적을 두로 조사해 보아, 한 개인이 백종 이상 수장하고 있으면 곧 장서가라 할 만하다."[1] 여기에서 '장서가'라 칭하는 자는 진상한 서적의 수량이 그 정도에 달하는 자로서, 조정에서 도서 기증을 장려하기 위해 그들을 장서가라 칭한 것이라 생각할 수 있다. 이것은 일종의 특수한 목적에 의해 정한 표준이므로 이것을 기준으로 삼기는 어렵다. 광서光緒 연간에 강소성江蘇省 상숙常熟에서 편찬한 ≪상소합지고常昭合志稿≫에 장서가 목록이 들어 있는데, 이것은 상숙 일대의 유명 장서가를 모은 것으로서, 그 기준은 "서적이 만권 이상이며, 전심專心으로 독실히 좋아하는 자"라는 것이다. 이 표준에 의하면 이른바 장서가라 하면 모두 장서가 만 권 이상은 되며 또한 소장한 도서에도 특색이 있고 사회적으로 영향력이 있는 자를 장서가라 할 수 있다는 것이다.

장서가의 기준을 정확히 내세우기는 힘들지만, 명청대는 장서가의 수나 그들의 장서량 면에서 전대에 비해 많은 발전을 보인 것은 분명하다. 사실, 특정 시기, 특정 지역에 얼마나 많은 장서가가 있느냐 하는 것을 통계 내는 데는 어려운 점이 있다. 먼저, 많은 장서가들이 문헌상의 증거가 없어 그가 실지로 장서가 인지 확정지을 수 없기 때문이다. 둘째, 문헌에 어떤 사람이 "집에 서적이 많다"라는 식으로 기재되어 있다고 해도, 그의 장서량과 수장 특징을 알 수 없기 때문에 역시 그를 장서가라 칭하기는 곤란한 면이 있다. 여기서 일부 학자들의 연구 성과를 참고로 하여 명청대 사가장서의 발전 상황을 제시하면 도표와 같다.

【表 1】 江蘇·浙江省 歷代藏書家 統計[2]

	先秦兩漢	魏晋南北朝	隋唐五代	宋	金元	明	清	民國	總計
江蘇		1	4	22	15	160	290		492
浙江		4		33	15	80	267		399

이상의 통계를 보면, 명청대는 중국의 사가장서가 최고봉에 달한 시기였다. 이것은 대략 두 가지 이유에서 살펴 볼 수 있다.

첫째. 문헌의 축적면에서 볼 때, 문헌이 축적되는 시기가 오랠수록 그만큼 많이 쌓이고 보존도 많이 되는 것이다. 중국의 문화적 전통은 당연히 명청대에 가장 많이 축적되어 있었을 것이며, 특히 명청대는 도서를 보존하는 주요 형식인 사가장서가 가장 발달하게 되고, 그런 만큼 장서가도 가장 많게 되는 것이다.

둘째. 문화와 학술면에서 보면, 학술연구가 성행하고 사회적 수요는 증가하는데 관방官方에서 사회문화적 보장을 제공해주지 못하면 그에 상응하여 사가장서가 활발하게 된다. 예컨대 관부 서원이 발달하지 않았을 때 사설 서원이 존재하게 되는데, 장서 역시 마찬가지인 것이다. 청대 사가장서는 곧 사회 전체적으로 완비된 문헌 보장체제, 이를테면 관부장서나 서원장서 등이 발달하지 않은 상황에서 문헌을 보존하는 형식이었던 것이다.

② 다량의 송원화본과 원잡극 및 서화 수장

소설小說과 희곡戲曲은 송宋과 금원金元의 역사적 상황에 따른 사회적 수요에 따라 발전하였다. 당시 수많은 대중의 환영을 받았으나, 역대 왕조 통치자들로부터는 금지 당했고, 사회 여론 또한 부정적인 편이었다. 따라서 송원시기宋元時期에는 장서가들이 소설이나 희곡을 수장하였다는 기록을 찾기가 어렵다. ≪영락대전永樂大典≫에 평화平話, 희곡을 수록한 것, 그리고 헌종憲宗 주견심朱見深이 희곡을 좋아하여 천하의 사본詞本을 폭넓게 수집하여 감상하였던 것, 무종武宗 주후조朱厚照가 신극新劇 산사散詞를 좋아하여 그 사본詞本을 헌상하는 사람에게 후한 상을 내렸으며, 당시에 장서가인 양순길楊循吉 등 세 사람이 수천 권 이상을 헌상한 것, 또 무종武宗이 ≪금통잔당金統殘唐≫을 보고 싶었으나 계속 구하지 못하였는데, 내시內侍가 책방에서 50금을 주고 구입하여 바친 일 등이 있기는 했으나 이는 상층부의 기호에 의한 예외적인 경우에 해당한다.[3]

명대에 소설과 희곡을 금지한 정도는 이전 시기인 원대元代 보다 약하지 않았으며, 그 수단 또한 몹시 잔인하였다. 명대 조정에서 소설이나 희곡 등을 엄격하게 금지하였고, 중앙관청에서는 무대에서 역대 제왕, 후비, 선현의 형상으로 분장하고 나오는 것을 금지하였다. 신선神仙이나 의부열녀義婦烈女, 효자효손孝子孝孫 및 봉건도덕관념을 선양하는 희극만을 장려했을 뿐, 무릇 인심人心이니 풍화風化에 관련 된 것 등은 모두 금지되었다. 예컨대, 홍무洪武 22년(1389년)에는 성지聖旨를 받들어, "경사京師에서 군관, 군인이 창唱을 배우면 혀를 자른다. …"는 법령이 내려졌고, 심지어는 "부府 군위軍衛 우양남 우단이 퉁소를 불며 곡을 창하였는데, 윗입술에서 코끝까지 잘라버리는" 일까지 생기게 되었다.[4] 이와 동시에 '소서小書'도 엄금하였다. 다음은 영락永樂 9년(1411)에 내린 법령인데, 희곡戲曲에 대한 금지가 얼마나 심했는지를 잘 보여준다.

이후로 백성과 배우들이 분장하고 잡극을 할 때, 법령에 따라 신선도사로 분장하는 것, 의부열녀, 효자효손, 선행을 권장하고 태평을 즐기는 내용에 대해 금지하지 않는 것을 제외하면, 제왕성현을 모독하는 사곡이 잡극에 조금이라도 들어가면 이는 법령에 위배되는 것으로 모두 목을 칠 것이며, 감히 수장收藏하거나 암송하여 퍼뜨리는 것, 인쇄하여 판매하는 따위를 행하는 자는 단숨에 법사法司로 송치하여 끝까지 죄를 다스릴 것이다. 성지를 받들어, 이 방문이 붙은 후 오일간의 기한 내에 이러한 사곡은 모두 관아에 가지고 가서 태울 것이로되, 감히 수장하는 자는 온 집안을 몰살할 것이다.
今后人民・倡優裝扮雜劇, 除依律神仙道扮, 義夫節婦, 孝子順孫, 勸人爲善及歡樂太平者不禁外, 但有褻瀆帝王聖賢之詞曲迦頭雜劇, 非律所該斬者, 敢有收藏傳誦印賣. 一時拿送法司究治. 奉聖旨, 但這等詞曲, 出榜後, 限他五日都要乾淨將赴官燒毀了, 敢有收藏的, 全家殺了.[5]

그러나 이와 같은 분위기에서도 명대 장서가들 중에 많은 이들이 소설과 희곡을 수장하였으니, 홍편洪楩, 고유高儒 같은 사람들이 대표적인 인물이다. 홍편을 예로 들면, 그의 조부祖父 홍종洪鍾이 학문을 좋아하고 장서를 즐겼기에 장서량이 매우 많았다. 홍편은 조업祖業을 이어서 가정嘉靖 시기에 장서와 각서刻書에 온 힘을 기울였다. 그의 장서처는 '청평산당淸平山堂'인데, 홍편의 공적은 대량의 송원화본소설宋元話本小說을 보유했다는 점이다. 현전하는 송원화본은 주로 ≪경본통속소설京本通俗小說≫・≪청평산당화본淸平山堂話本≫과 풍몽룡馮夢龍의 '삼언三言'에 남아 있는데, 그 중 ≪청평산당화본≫은 중국소설사에 있어 중요한 자료적 가치가 있다.

고유는 많은 희곡을 수장하였는데 저서 ≪백천서지百川書志≫ 권육卷六에 당시 대아지당大雅之堂에 오르지 못한 소설과 희곡의 목록이 들어 있다.[6]

서법書法과 회화繪畫는 중국의 전통 예술로서 역사가 유구한데 명대에 이르러 더욱 발전하였다. '서화동원書畵同源'이라고 서화는 흔히 병칭하여 논하는데, 대부분의 이름난 서법가書法家와 화가畫家는 두 가지에 모두 뛰어난 경우가 많다. 그리고 이러한 상황은 절강성과 강소성에서 더 두드러지는데, 절파浙派・오문파吳門派・송강파宋江派 등의 유파類派와 대진戴進・서위徐渭・진홍수陳洪綬 등은 서화쌍절書畵雙絶의 대가大家들이다.[7] 그리고 명청대, 특히 명대의 문예방면에서의 특징 중 하나는 이러한 예술가들 중 많은 이가 장서에도 힘을 기울였다는 점이고, 서위・당인唐寅・문징명文徵明 등이 그 대표라 할 수 있다.

명대에 다량의 서화를 수장한 것으로 가장 유명한 이는 항원변項元汴이다. 항원변이 수장한 전적에 대해 전증錢曾은 "정묘절륜精妙絶倫"이라고 칭찬하였다.[8]

이일화李日華(1565~1635) 역시 유명한 장서가인데 대량의 서화를 수장한 것으로 알려졌으며, 육연재六研齋·학몽헌鶴夢軒 등의 장서루를 두고 서적과 서화를 보관하였다.

2) 지역적 특징

장서는 경제적 영향을 받지 않을 수 없기 때문에 사회와 경제의 발전에 따라 발전한다. 중국은 각 지역마다 경제 발전이 균형을 이루지 못하였기에 문화의 발전 정도도 제각기 다른 모습을 띠고, 장서가나 장서루의 분포 역시 큰 차이를 보인다. 장서가는 경제와 문화가 발달한 지역에 집중되어 있는데, 연해沿海가 내지內地 보다 우세하고, 내지內地는 변강邊疆보다 우세하다. 명청대는 강남지역에 많은 장서가가 출현했는데 특히 절강성과 강소성이 두드러진다.

다음은 중국의 지역별 장서가의 분포를 나타낸 도표이다.

【표 2】 地域別 藏書家 分布[9]

	地域	藏書家數	比率
1	浙江	1139	22.58%
2	江蘇	998	19.19%
3	山東	495	9.81%
4	江西	331	6.15%
5	福建	287	5.69%
6	河南	218	4.32%
7	安徽	206	4.08%
8	山西	199	3.95%

9	河北	174	3.45%
10	廣東	151	3%
11	上海	135	2.68%
12	四川	117	2.32%
13	湖南	115	2.3%
14	湖北	93	1.84%
15	陝西	68	1.35%
16	北京	61	1.21%
17	雲南	36	0.71%
18	甘肅	33	0.65%
19	遼寧	31	0.61%
20	天津	25	0.5%
21	貴州	18	0.37%
22	廣西	17	0.33%
23	內蒙	14	0.28%
24	黑龍江	5	0.1%
25	吉林	4	0.08%
25	臺灣	4	0.08%
27	海南	2	0.04%
27	新疆	2	0.04%
29	靑海	1	0.02%
29	寧夏	1	0.02%
31	西藏	0	
32	貫籍不明	65	1.28%
합계		5045	100%

　　표를 통해 알 수 있듯이 절강성과 강소성의 비율이 현격히 높은데, 이 두 지역의 공통적인 특징은 경제적으로 부유하며, 교육이 발달하였고, 학술적 분위기가 농후하며, 대대로 이름난 명사名士가 많이 배출되었다는 점이다.

　　우선 절강성은 장서가가 집중된 지역인데, 남송이래로 중국 동남지역

문화발달 지역으로 인문환경이 조성되었고 출판업이 흥성하여 송대 이래 중요한 출판중심지로 자리 잡았다. 명청대에는 문화와 학술의 중심지로서 황종희黃宗羲를 대표로하는 절동사학浙東史學이 성행하였는데 이들 浙東學派의 학자 가운데 대다수가 장서가이고, 학파의 형성에 절동지역의 풍부한 장서가 많은 영향을 주었다. 절동학파의 학자는 또한 장서문화에 대해 많은 관심과 연구물을 남겼기에 그들의 문헌은 오늘날 장서문화를 연구하는데 중요한 자료적 가치가 있다.

그리고 전당강錢塘江 유역은 특히 많은 장서가가 배출되었는데 이곳 역시 경제가 발달하였고 학문적 분위기가 농후했던 곳으로서 항주杭州・소흥紹興・영파寧波・가흥嘉興・해녕海寧 등의 몇몇 도시는 사가장서로 유명한 곳이기도 하다. 이곳의 藏書家를 지역별로 도표화하면 다음과 같다.[10]

【표 3】 강남 주요 도시별 장서가

순위	1	2	3	4	5	6	7	8	9	10
市縣名	蘇州	杭州	常熟	寧波	湖州	紹興	福州	嘉興	海寧	南京
藏書家數	277	207	146	109	95	94	80	77	68	67

이 가운데 항주는 사가장서의 중심지인데, 사회경제적 요인 외에 출판업의 발전 역시 항주의 장서에 영향을 주었다. 항주는 강절江浙의 교통요충지에 위치하고, 강남운하江南運河가 항주에서 시작하여 수로水路가 강소남부, 절강동부 및 안휘강서 까지 연결되어 교통이 편리하였기에 송 이후로 출판업이 발전하였다.

항주 장서가 중 일부는 다른 지역에서 이주해 왔는데, 이들의 특징 중 하나는 장사로 치부한 상인이 많다는 점이다. 특히 안휘安徽 남부南部의 상인 가운데 경영을 위하여 항주에 거주하는 이가 많았고, 이들 휘상徽商은 학문을 중시하는 전통으로 그들의 자산을 서적 수장에 많이 투자하였으며, 문화를 숭상하고 서적의 수장을 즐겼는데, 대표적 인물로 왕계초汪啓椒, 왕헌汪憲, 포정박鮑廷博 등을 들 수 있다. 왕계초(1728~1799)는 원래 안휘성安徽省 흡현歙縣 사람인데 항주에서 살았으며, 개만루開萬樓 · 비홍당飛鴻堂 등의 장서루가 있다. ≪사고전서四庫全書≫ 편찬 시에 많은 도서를 기증하였다. 왕헌(1721~1771)의 장서루 진기당振綺堂은 당시 매우 이름났다. 포정박(1728~1814) 역시 원적原籍은 안휘성 흡현인데 대장간 등을 경영하여 많은 부를 축적하였고 후에 항주로 이주하였다. 장서량이 매우 많았으며 건륭 시기에 아들 포사공鮑士恭이 조정에 600여 종의 도서를 헌납하였다.[11]

장강하류長江下流 지역은 아주 오래전부터 경제가 발달한 '어미지향魚米之鄕'으로 많은 인재가 배출되었고, 독서와 장서 열기가 성했으며, 소주蘇州 · 상숙常熟 · 호주湖州 등지는 장서가가 집중된 지역이다. 이 가운데 소주는 당시 강소江蘇의 정치중심이자 문화의 중심이었으며 장기적으로 축적되어온 강남의 인문환경, 교육제도의 흥성, 출판업의 번영과 퇴직한 관리와 외지인사外地人士의 유입 등은 소주를 명청시기 장서의 중심지로 만들었다. 장경환蔣鏡寰의 ≪중국역사장서논저독본中國歷史藏書論著讀本≫에 "자고로 학문과 옛 것을 좋아하는 인사 중에 책을 쌓아놓은 것으로 잘 알려진 사람들은 대대로 끊이지 않았다. 당시 유행의 추세는 우선 강절을 쳐주고 오吳는 실로 그 중심이 된다"[12]라고 하여 실로 소주가 장서의 중심지임을 언급하였다.

2. 장서가의 문화적 역할

장서가는 중국 문화발전사에 있어 지대한 공헌을 했다고 볼 수 있다. 오늘날, 비록 예전의 그 웅장하고 화려한 장서루의 전체적인 모습은 볼 수 없지만 장서가의 문화적 영향력은 후대에까지 여러 분야에 골고루 퍼져 있다.

여기서는 장서가의 문화적 역할을 크게 도서문헌자료의 보관과 전파, 목록학目錄學의 성립과 발전, 일서佚書의 복원復原, 각서업刻書業의 발달, 학자 양성·배출의 장소 제공 등의 몇 개 부분으로 나누어 장서가와 장서루의 문화적 역할, 공헌 등을 고찰하고자 한다.

2.1 문헌자료의 보관 · 전파

사가장서는 문화도서 사업의 중요한 구성부분으로서 역사적으로 장기간 공공도서관의 부분적 기능을 담당해왔다고 볼 수 있다. 그러므로 역대 장서루의 문화에 대한 가장 큰 공헌은 대량의 진귀한 문헌전적을 보존해 왔다는 점을 들어야 할 것이다. 민간에서 수장한 대량의 장서가 없었다면 많은 전적들이 오늘 날까지 보존되지 못했을 것이다. ≪사기史

記·육국연표六國年表≫에 다음과 같은 기록이 있다.

> 진나라는 천하를 합병한 후에 천하의 ≪시경詩經≫과 ≪서경書經≫을 불살라버렸는데, 특히 제후국의 역사서가 가장 심하였다. 이는 여기에 진나라를 풍자한 말이 실려 있었기 때문이다. 그래도 ≪시경≫과 ≪서경≫을 다시 볼 수 있게 된 것은 이러한 책은 대부분이 민가民家에 소장되어 있었기 때문이며, 역사를 기록한 전적은 오로지 주 왕실에만 소장되어 있었기 때문에 없어진 것이다.
> 秦旣得意, 燒天下≪詩≫·≪書≫, 諸侯史記尤甚, 爲其有所刺譏也. ≪詩≫· ≪書≫所以復見者, 多藏人家; 而史記獨藏周室以故滅.13)

진시황이 처음으로 전국을 통일하고 황제가 되어 통치력을 공고히 하고 백성들의 사상을 억압하기 위해 '분서焚書'의 정책을 실행한 것은 주지의 사실이다. 진秦이 멸망한 후 사회가 안정되자 금훼禁毁되었던 서적들이 다시 세상에 빛을 보게 되었는데 그 중에는 난을 피해 민간에 숨겨져 있던 다량의 서적이 포함되어 있다.

≪영락대전永樂大典≫과 ≪사고전서四庫全書≫ 편찬 시에 황제의 명령하에 널리 서적을 수집하였다. 그 가운데 대량의 유용한 서적들이 민간의 장서루에 수장되어 있던 것으로 공개적인 수집과 기증 등의 경로를 거쳐 제공되었고, 이를 기초로 편찬사업을 완성할 수 있었다.

진귀한 문헌을 보존한 것으로 알려진 장서루 가운데 한 예로 천일각天一閣i)을 들 수 있다. 천일각 장서 가운데 명대明代 각지의 지방지地方志와 명대 과거록科擧錄은 특징적인 전적典籍인데, 그 중에는 진사進士의 ≪등과록登科錄≫도 있고 회시會試·향시鄉試·무거武擧의 과거기록科擧記錄도

---

i) 天一閣은 명대의 藏書家 范欽의 藏書樓로 지금의 寧波市 舊城區 內月湖西面 芙蓉洲에 위치하는데, 중국에서 현존하는 가장 오래된 藏書樓이다.

【그림 1】 천일각 경내 정원

【그림 2】 寧波 范欽의 天一閣

남아 있어 후인들에게 명대 각 지방의 상황과 인물에 대한 자료를 찾아
볼 수 있는 진귀한 자료를 제공하고 있다.

또 청대淸代의 정갑丁甲·정병丁丙 형제는 항주의 유명한 장서가이다.
그들은 태평천국太平天國의 난이 발발했을 때, 생명의 위험을 무릅쓰고
항주 문란각文瀾閣의 ≪사고전서≫를 보호하였다. 전쟁이 수습되고 형제
는 온 힘을 다하여 흩어진 서적을 모으고 이미 잔폐殘廢된 ≪사고전서≫
를 재정비하여 세상에 전해질 수 있도록 하였다. 정씨 형제의 구서購書·
초서抄書 범위는 매우 광범위하여 가까이는 고향주변에서 멀리는 경사京師
에 이르기도 하고, 심지어는 많은 재물도 아끼지 않고 해외에서 서적을
사오기도 하였다. 20여 년의 노력으로 각종 도서문헌과 전적 8만 권을 수
집하였고, 여기서 기존에 수장하고 있던 도서를 합쳐 그들의 장서량은 20
만 권에 달한다. 게다가 정씨 형제의 장서는 후에 전체가 완정하게 보존
되어 현재 남경도서관南京圖書館 내에 있다.[14]

2.2 목록학의 발전

서적은 지식을 기록하고 전파하는 도구로서 모든 학문분야와 연관되어
있다. 여기서는 특히 목록학에 미친 장서가의 공헌을 살펴보고자 한다.

≪칠략七略≫은 중국 최초의 황실皇室 장서목록으로서 당시 황실에서
소장하고 있던 도서문헌전적을 기록하고 있을 뿐 아니라, 한대 이전의
학술발전 상황을 반영하고 있다. 오늘날 그 원서原書는 이미 실전失傳되
었지만, 그 기본적 내용은 ≪한서≫ <예문지>에 보존되어 있다.

중국 사가목록의 편찬은 남조南朝 송宋 왕검王儉의 ≪칠지七志≫ 및 양梁 완효서阮孝緖의 ≪칠록七錄≫에서 시작된다. 수당隋唐 시기에 사가私家의 목록편찬은 계속해서 발전하게 되었지만, 이들 사가목록은 대다수가 실전되어 버렸다. 송대에 조판인쇄술雕版印刷術이 성행하게 되면서, 도서 문헌의 번영을 가져오게 되었고, 송대 이후 사가의 장서와 그 장서목록의 편제編制가 크게 성행하게 되었다. 이에 따라 서목書目의 편집도 계속 이어지는 형세를 보였으니, 그 각종 실례는 일일이 예를 들기도 어려울 정도이다. 그 중에서 학술적 가치가 크고 오래토록 영향을 끼친 것으로 다음과 같은 것들이 있다.

우선 명대 장서가 기승업祁承㸁이 편찬한 ≪담생당서목澹生堂書目≫은 "사분법四分法" 즉, 경사자집經史子集의 전통적 분류를 재조정하여 중국 고적 분류에 있어 큰 공헌을 남겼다. 또한 청초淸初의 장서가 전증錢曾의 ≪독서민구기讀書敏求記≫는 중국에서 처음이라 할 수 있는 비교적 완정한 판본목록으로서, 서목에서 판각, 자체, 종이, 묵색墨色 등에서부터 시작하여 판본을 연구하는 기본 규칙을 제시하였다.[15]

그 외에 장서가 전증의 ≪야시원서목也是園書目≫·≪술고당장서목述古堂藏書目≫, 서건학徐乾學의 ≪전시루서목傳是樓書目≫, 황우직黃虞稷의 ≪천경당서목千頃堂書目≫ 등이 있는데, 모두 후세에 많은 영향을 끼쳤다.

2.3 일서佚書의 복원

일실佚失된 서적과 사료를 보존하여 후세 학자들이 이에 의해 사라진 서적을 집일輯佚할 수 있게 하고, 또 고대에 이미 산실된 도서자료를 다시 한번 세상에 나타날 수 있게 하여 후인들이 연구하고 사용할 수 있게 하는 것 역시 중국 고대 장서루와 장서가들의 공적 중 하나라 할 수 있다.

　명대 관찬官撰의 ≪영락대전≫은 편폭이 방대하여 22,877권에 달하여, 당시에 스스로 "당송唐宋의 치세와 융성"이라 자부하였던 명대 정부에서 조차 판각·인쇄할 여력이 되지 않아 단지 두 벌의 필사본을 만들었을 따름이었고, 그래서 지금까지 전해지는 것은 수백 권에 불과하게 되었다. ≪고서독교법古書讀校法≫에서 이미 진나라의 분서焚書 이후로 수당에 이르기까지, ≪한서≫ <예문지>에 수록되고 ≪수서≫ <경적지>에도 수록된 서적 중 당대까지 존재하고 있던 것은 이미 "열에 둘 셋은 망실된" 상황이었고, 게다가 "수지隋志"에 저록된 책들을 ≪신당서≫ <예문지>에서 찾아보자고 하면 "열에 일곱 여덟이 사라진" 상황이라고 지적한 바 있다.16) 여기에서 말한 것은 한대에서 당대까지의 상황이고, 명말청초의 장서가 조용曹溶은 명明 숭정崇禎 연간에 편찬한 ≪유통고서약流通古書約≫ 첫머리에서 또 "송대 이래로 서목이 십 수종 있었으니 찬란하여 볼만하였다. 그런데 실제대로 그것을 구해보면, 그 서적들 중 열에 너댓은 존재하지 않았다."17) 라고 지적하였는데, 이로써 전적典籍이 산실된 상황이 얼마나 심각한지를 알 수 있다. 이미 산실된 고적古籍의 내용을 어느 정도라도 알고자 한다면 유일한 방법은 현존하고 있는 방대한 고적들 중에서 집일輯佚하는 수 밖에 없는데 이 부분에 있어서 장서가는 적지 않은 역할을 하였다. ≪옥함산방집일서玉函山房輯佚書≫, ≪옥함산방집일서속편玉函山房輯佚書續編≫, ≪십삼경한주十三經漢注≫, ≪경적일문經籍佚文≫ii) 등은 모두 장서가가 자신의 장서를 이용하여 거둔 성과라 할 수 있다.

2.4 각서업刻書業의 발달

고대에 도서의 전파는 모두 수사초록手寫抄錄에 의존했었는데, 조판인쇄술이 나온 뒤 도서의 생산이 용이해졌고, 질적인 면에서도 크게 발전하였다. 장서가 가운데 일부는 "장서는 독서만 못하고, 독서는 각서만 못하니, 독서는 그저 자기를 위한 것이지만 각서는 남에게 베풀 수 있기 때문이다."[18] 라는 인식을 가지고, 자신의 장서를 저본底本으로 삼아 서적을 간각刊刻하였는데 이 또한 간과할 수 없는 장서가의 일대 공적이라 볼 수 있다.

장서가 개인이 자본을 내어 교각校刻한 도서를 '사각본私刻本'이나 '가각본家刻本'이라 하는데, 이런 활동을 하는 사람들은 일반의 개인적 영리를 목적으로 하는 출판업자와는 다르다. 서상書商의 각서刻書는 영리를 목적으로 하므로 선택한 저본이 좋지 못하거나 교감校勘이 정확하지 않기도 하고, 도서의 장정裝幀에도 주의를 기울이지 않았다. 심지어 오탈자誤脫字와 연문衍文 등이 심해 오히려 후학들에게 나쁜 영향을 주는 경우도 많았다. 그러나 장서가의 각서 의도는 이와는 달라 일부는 자신의 사장私藏을 보충하기 위해 각서를 하는 경우도 있고, 또 일부는 치학治學의 목적이나 저술을 발표하기 위해서 각서를 하였으며, 그중에는 개인적인

---

ii) ≪玉函山房輯佚書≫은 청대 유명한 藏書家요, 輯佚家인 馬國翰의 저작이고 이하 ≪玉函山房輯佚書續編≫, ≪十三經漢注≫, ≪經籍佚文≫는 마국한의 뒤를 이은 王仁俊의 저작이다.

취미로 하는 이도 있다. 그 중 가장 큰 비중을 차지하는 경우는 진귀한 전적을 보존하기 위해 각서를 하였으니, 이들은 도서의 간각刊刻을 평생의 사업으로 삼았던 것이다. 그러므로 이들의 손에서 만들어진 도서는 먼저 간각할 도서 종류의 선택에 세심한 주의를 기울인 것이고, 또한 우수한 선본善本을 저본으로 삼았으며, 저본에 대해 성실하게 교정을 가하였고 이렇게 만들어진 서적은 질적인 면에서 상당히 우수했다.

　장서가이자 각서가로 유명한 사람으로 모진毛晉을 들 수 있다. 모진은 명말청초明末清初의 유명한 장서루 급고각汲古閣의 주인으로 그의 장서는 84,000여 책冊에 이르는데 모두 급고각과 목경루目耕樓에 두었다. 모진은 평생을 도서의 수집과 간각에 바쳤는데, 명明 만력말萬曆末에서 청淸 순치년간順治年間에 이르기까지 40여 년간 그가 간각한 서적은 600여 종에 이르며, 조판雕版만해도 10만 9천여 편에 달한다. 당시에 "모진의 책이 천하를 다닌다."[19]라는 말이 있었으니 모진의 간각 사업이 얼마나 성했는지를 알 수 있다. 모진이 간각한 서적은 지금까지 선본으로 전해지고 있는데 그 가운데 유명한 ≪십삼경주소十三經注疏≫・≪십칠사十七史≫・≪진체비서津逮秘書≫・≪육십종곡六十種曲≫ 등이 있다. 모진이 서적을 간각한 것이 판매를 위한 것이긴 하지만, 오로지 이윤만을 목적으로 하는 일반 서상書商과는 근본적으로 다른 점이 있었다. 우선 그는 거금巨金을 아까워하지 않고 송원宋元 판본版本을 사들였는데, 아예 자기 집 문 앞에 다음과 같은 방문榜文까지 붙여 둘 정도였다.

　　송판본을 가지고 오는 사람이 있으면, 이 집의 주인이 쪽으로 계산해 값을 쳐서 한 쪽
　　당 이백을 낼 것입니다. 구초본舊抄本을 가져오는 사람에게는 한 쪽당 사십을 줄 것이

며, 요즘의 선본을 가져오는 사람에게 다른 집에서라면 일천을 줄 것을 이 집 주인은
일천 이백을 줄 것입니다.
有以宋槧本至者, 門內主人計葉酬錢, 每葉出二佰; 有以舊抄本至者, 每葉出四十;
有以時下善本至者, 別家出一仟, 主人出一仟二佰.[20]

그래서 당시에 "삼백예순 가지 장사 중에 모씨네에 책 파는 것 만한
게 없다"는 말까지 있을 정도였다.

모진은 자신이 수집한 서적 중에서 선본을 발견하면, 곧 판각하여 인
쇄하였는데, 많은 급여를 주고 명사名士를 초빙하여 정밀하게 교정, 교감
하였다. 또한 서적의 품질을 확보하기 위하여, 그는 천리를 멀다 않고 강
서江西에서까지 전문적인 제지장인製紙匠人을 지정하여 모변지毛邊紙나 모
태지毛太紙를 예약하여 만들어 썼다. 그리고 책을 구매하고 판각하기 위
하여 자금을 모으면서, 숭정 14~15년(1641~1642년)의 이년 간 토지
300여 무畝를 매각하기도 하였다.[21]

많은 장서가를 배출한 안휘성의 흡주歙州 역시 명청시기에 영향력을
행사한 출판지 가운데 하나인데, 많은 휘상徽商들이 출세한 후에 그들의
자본을 바탕으로 이름난 장서가, 출판가가 되었다.

장서가가 장서루의 전적을 이용하여 서적을 간각·전파한 상황을 보
면, 그 출판 동기와 목적은 제각각 차이가 있겠지만, 진귀한 전적의 보급
에 큰 공헌을 한 것은 사실이다. 이후 장서가가 개인 장서루의 서적을 이
용하여 서적을 간각하는 것은 하나의 전통이 되어 대대로 이어졌으니, 청
대淸代 장해붕張海鵬이 ≪학진토원學津討原≫을, 완원阮元이 ≪십삼경주소
≫를 간각한 것과 근대近代에 유승간劉承幹이 ≪가업당총서嘉業堂叢書≫·
≪오흥총서吳興叢書≫ 등을 간각한 것, 장원제張元濟가 ≪사부총간四部叢

刊≫을 간각한 것은 모두 그 예가 된다.

2.5 학자 양성·배출의 장소 제공

장서루의 기능 가운데 하나는 장서가나 문인학자들에게 연구와 도서교
감圖書校勘의 장소를 제공해 주어 그들이 대량의 도서전적을 정리하고 교
수校讎할 수 있도록 해 주었다는 점이다. 중국 역대 장서루의 풍부한 장
서는 학자들이 편리하게 이용할 수 있고, 이를 바탕으로 연구와 저술 작
업에 박차를 가할 수 있도록 해 주었다. 역대 장서가 가운데 많은 이가
대학자임을 보면 장서와 학문은 밀접한 관계가 있음을 알 수 있다. 멀리
선진 시기의 대학자인 공자孔子·묵자墨子·혜시惠施 등은 당시의 이름난
장서가였다. 한대의 사마천司馬遷이 불후의 거작巨作 ≪사기史記≫를 써낼
수 있었던 것도 황실과 관부의 장서루에 수장되어 있던 대량의 서적이
있었기에 가능한 것이었다.

명대 소주蘇州의 녹죽당菉竹堂은 엽성葉盛의 개인 장서루인데 대량의
진본珍本을 소장한 것으로 유명하다. 오관吳寬은 ≪엽문장공사葉文莊公祠≫
에서 "서책이 집에 가득했고, 학문을 독실히 하였으며 옛 것을 연구하여
침식을 잊기에 이를 정도였다"[22)라고 언급하였다. 특히 그의 녹죽당에는
당시 인근의 많은 학자들이 모여 서로 간에 학문을 논하고, 저술 작업을
했던 것으로 알려졌다. 엽성의 대표작으로 ≪수동일기水東日記≫ 38권을
꼽을 수 있다.

청대 대학자요, 절동학파浙東學派의 창시자인 황종희黃宗羲 역시 많은

전적을 수장한 장서가인데 장서루 속초당續抄堂에 수만 권에 달하는 서적을 두었다. 그는 청년시절부터 집에 있는 서적으로 만족하지 못하여 당시 강절江浙 일대의 유명한 장서루인 담생당澹生堂, 천경재千頃齋, 강운루絳雲樓 등을 찾아다니며 초서抄書하였고, 만년에 이르러서는 천일각天一閣, 총계당叢桂堂, 전시루傳是樓 등 이름난 장서루를 찾아다니며 자신의 연구와 저술의 기초를 다졌다고 한다.[23]

중국은 오랜 역사를 지닌 문명국으로 장서 또한 오랜 역사와 함께 줄기차게 이어져, 남아있는 전적의 수량이나 우수함은 중국의 문화를 더욱 빛나게 하는 구체적이고 생동적인 상징물이 되었다.

중국고대 사가장서는 다중의 의미를 지닌 문화현상으로 문화형태학의 각도에서 보면 여기에는 다량의 도서와 장서처인 장서루라는 유형문화, 장기적으로 유지되어온 장서활동으로 형성된 행위문화, 장서활동의 주체가 되는 장서가의 다양한 심리문화 등이 포함되어 있다. 최근 문화학의 측면에서 중국의 역대 장서활동으로 형성된 장서문화에 대한 고찰과 연구가 몇 년 사이 중국학계에서 주목을 받아왔다. '장서' 관련 단행본 저서의 출판과 발표에 이어 1995년 9월 8일 북경北京 유리창琉璃廠 중국서점中國書店에서 '중국당대장서활동연토회中國當代藏書活動硏討會'가 열렸는데 이는 중국에서 장서를 주제로 개최된 첫 번째 전국규모의 학회이다. 여기에 북경·상해上海·남경南京·소주蘇州·천진天津 등 전국 각지에서 전문가와 당대當代를 대표하는 장서가가 참가하여 이 분야 연구의 기초를 닦았다고 한다. 뒤를 이어 1996년 12월에 영파寧波에서 '천일각여중국장서문화연구회天一閣與中國藏書文化硏究會'가 열렸고, 1997년 12월에는 항주대학杭州大學 주최로 '중국고대장서루국제학술연토회中國古代藏書樓國際

學術研討會'가 개최되었다. 이후 크고 작은 규모의 장서 관련 학회가 열려 장서문화에 대한 지속적인 관심을 보여주고 있다.

이와 같은 중국의 상황과는 달리 필자가 조사한 바로는 현재 한국의 중문학계에서는 장서가나 장서루는 물론이요, 장서문화 일반에 대한 연구도 이루어지지 않고 있는 상황이다. 이에 중국의 장서문화의 기초적 연구와 더불어 중국에서 현재 과제로 남아 있는 장서 관련 지역별, 개인별 연구가 필요하다고 본다.

■ 參考文獻

瀧川龜太郎(日), 《史記會注考證》, 洪氏出版社, 臺灣, 1986.

駱兆平, 《天一閣藏書史志》, 上海古籍出版社, 2005.

徐良雄主編, 《中國藏書文化研究》, 寧波出版社, 2003.

劉尙恒, 《徽州刻書與藏書》, 廣陵書社, 2003.

錢存訓, 《中國古代書籍紙墨及印刷術》, 北京圖書館出版社, 2002.

黃建國主編, 《中國古代藏書樓研究》, 中華書局, 2002.

傅璇琮, 《中國藏書通史》, 寧波出版社, 2001.

范鳳書, 《中國私家藏書史》, 大象出版社, 2001.

葉樹聲, 徐敏輝, 《晚明江南私人刻書史略》, 安徽大學, 合肥, 2000.

周少川, 《藏書與文化》, 北京師範大學出版社, 1999.

周少川, 《中華典籍與傳統文化》, 廣西師範大學出版社, 1996.

奚椿年, 《中國書源流》, 江蘇古籍出版社, 2002.

黃玉淑·于鐵丘編著, 《趣談中國藏書樓》, 百花文藝出版社, 2003.

倪波·張志强主編, 《文獻學導論》, 貴州科技出版社, 2000.

熊軍主編, 《徽商之源》, 安徽人民出版社, 2003.

張海鵬·王廷元主編, 《徽商研究》, 安徽人民出版社, 1995.

王利器輯錄, 《元明淸三代禁毀小說戲曲史料》, 上海古籍出版社, 1981년판.

蔣鏡寶, 《中國歷史藏書論著讀本》, 四川大學出版社, 1990.

董秉琮著·김연주옮김, 《서법과 회화》, 미술문화, 서울, 2005.

徐有富·徐昕, <論毛晉的出版事業>, 《文獻學研究》, 江蘇古籍出版社, 2002.

胡應麟 撰, 楊家駱 主編, 少室山房筆叢, 再版, 臺北: 世界書局, 1980.

謝肇淛 撰, 五雜俎, 上海: 上海書店, 2001.

李斗 撰, 周春東 注, 揚州畵舫錄, 濟南: 山東友誼出版社, 2001.

葉德輝, 劉發·王申 外 校點, 書林清話(附書林餘話), 瀋陽: 遼寧教育出版社, 1998.

丁錫根, 中國歷代小說序跋集, 北京: 人民文學出版社, 1996.

다카시나 슈지, 신미원 역, 예술과 패트런 ― 명화로 읽는 미술 후원의 역사, 서울: 눌와, 2003.

고바야시 히로미쓰(소림굉굉), 기명선 역, 중국의 전통판화, 서울: 시공사, 2002.

曹永祿·金裕哲 외, 中國의 江南社會와 韓·中交涉, 서울: 집문당, 1997.

박병석, 중국상인문화, 서울: 교문사, 2001.

서울대학교 동양사학연구실, 강좌중국사Ⅳ, 서울: 지식산업사, 1989.

張海鵬·王廷元 主編, 明淸徽商資料選編, 合肥: 黃山書社, 1985.

韓錫鐸·牟仁隆·王淸原 編, 小說書坊錄 北京: 北京圖書館出版社, 2002.

王澄, 揚州刻書考, 揚州: 廣陵書社, 2003.

劉尙恒, 徽州刻書與藏書, 揚州: 廣陵書社, 2003.

張秀民, 中國印刷史, 上海: 上海人民出版社, 1989.

上海新四軍歷史研究會印刷印鈔分會 編, 歷代刻書槪況, 北京: 印刷工業出版社, 1991.

繆咏禾, 明代出版史稿, 南京: 江蘇人民出版社, 2000.

宋莉華, 明淸時期的小說傳播, 北京: 中國社會科學出版社, 2004.

葉樹聲, 余敏輝, 明淸江南私人刻書史略, 合肥: 安徽大學出版社, 2002.

黃鎭偉, 坊刻本, 南京: 江蘇古籍出版社, 2002

周心慧, 中國古代版刻畵史論集, 北京: 學院出版社, 2001.

方維保·汪應澤, 徽州古刻書, 瀋陽: 遼寧人民出版社, 2004.

徐學林, 徽州刻書, 合肥: 安徽人民出版社, 2005.

謝國楨, 明淸筆記談叢, 上海: 上海書店出版社, 2004.

Kai-wing Chow, Publishing, Culture, and Power in Early Modern China. Stanford California: Stanford University Press, 2004.

Cynthia J, Brokaw and Kai-wing Chow. Printing and Book Chlture in Late Imperial China, University of California Press, 2005.

大木康, 明末江南の出版文化, 東京: 硏文出版, 2004.

安正熉, 『揚州畵0舫錄≫小考, 中國小說論叢, 제22집, 2005・9.

洪尙勳, 전통시기 강남지역에서 독서시장의 형성과 변천, 中國文學, 제41집, 2004・5.

文盛哉, 明末 희곡의 출판과 유통─강남지역의 독서시장을 중심으로. 중국문학, 제41집, 2004・5.

曺永憲, 明代 鹽運法의 變化와 揚州 鹽商, 東洋史學硏究, 제70집, 2000.

韓紅宇, 試析明代版刻的情況及特點, 靑海師專學報(社會科學), 제3기, 2001.

趙克生, 汪道昆與徽商, 大安師專學報, 제15권, 1999.

■ 색 인

■ 미 주

제1장 중국 출판문화의 역사

1) 강유원, ≪책과 세계≫, 파주: 살림, 2004, 36~39쪽.

2) 宋濂, 〈送東陽馬生序〉,≪宋學士文集≫권73

3) 오오키 야스시 저, 노경희 역, ≪명말 강남의 출판문화≫, 서울: 소명출판, 2007, 243쪽.

4) 張秀民, ≪中國印刷史≫, 항주:절강고적출판사, 2006, 3쪽.

5) Joseph Needham, ≪Science and Civilisation in China≫ Vol. 5, ≪Chemistry and Chemical Technology≫, 肖東發, ≪中國圖書出版印刷史論≫, 북경: 북경대학출판사, 2001, 41쪽 재인용.

6) 張紹勛, ≪中國印刷史話≫, 북경: 상무인서관, 1997, 13쪽.

7) 胡應麟, ≪少室山房筆叢≫권4, 대만: 세계서국, 1980, 59~60쪽.

8) 邵經邦, ≪弘簡錄≫권46: "太宗后長孫氏, 洛陽人. ……遂崩, 年三十六. 上爲之慟. 及官司上其所撰≪女則≫十篇, 採古婦人善事. ……帝覽而嘉嘆, 以後此書足垂後代, 令梓行之.", 張秀民, ≪中國印刷史≫, 9쪽 재인용

9) ≪宋史≫〈太祖本紀〉

10) 張紹勛, ≪中國印刷史話≫, 북경: 상무인서관, 1997, 37쪽

11) 陸容, ≪菽園雜記≫: "元人刻書, 必經中書省看過, 下所司, 乃許刻印."

12) 顧炎武, ≪日知錄≫: "書院之刻, 有三善焉. 山長無事, 則勤於校讎, 一也, 不惜費而工精, 二也, 版不貯官, 而易印行, 三也."

13) 張秀民, ≪中國印刷史≫, 항주:절강고적출판사, 2006, 629쪽

제2장 명청대 강남지역 출판문화의 지역별 특성 및 후원

1) 이은기, 〈메디치가의 미술후원과 정치적인 목적〉, ≪서양미술사학회 논문집≫, 1994, 6~7쪽.

2) 김혜정, 〈음악가와 후원자 : 메디치가를 통해 본 이태리 음악의 발달〉, ≪연세음악연구≫, 제4기 (1996), 221~222쪽.

3) 김홍남, 〈미술후원연구의 방법론에 대한 소고〉, ≪서양미술사학회 논문집≫, 1994, 89쪽.

4) 다카시나 슈지, 신미원 역 ≪예술과 패트런 ― 명화로 읽는 미술 후원의 역사≫, 서울, 눌와, 2003, 16쪽.

5) 중국의 출판문화에 대한 연구 성과는 주로 印刷文化史, 版畵史 등의 통사적인 연구나 版本學에 집중되어 있으며(張秀民, ≪中國印刷史≫(1989), 上海新四軍歷史硏究會印刷印鈔分會 編, ≪歷代刻書槪況≫(1991), 繆咏禾, ≪明代出版史稿≫(2000), 肖東發, ≪中國圖書出版印刷論≫(2001), 任繼愈 主編, ≪中國版本文化叢書≫(2002) 등), 최근에야 명청대 통속문학의 번영과 관계하여 문학전파학의 방법론을 적용한 연구, 사회경제학적 관점으로 출판문화를 분석한 연구가 시작되고 있다.(宋莉華, ≪明淸時期的小說傳播≫(2004), Kai~wing Chow, ≪Publishing, Culture, and Power in Early Modern China≫(2004), Cynthia J. Brokaw and Kai~wing Chow, ≪Printing and Book Culture in Late Imperial China≫(2005) 등) 우리나라에서의 연구로는 주로 명말청초 강남지역에서의 소설, 희곡의 출판을 중심으로 독자층의 변화와 상품으로서의 출판물의 형성 및 반향에 대해 고찰한 홍상훈의 〈전통시기 강남지역에서 독서시장의 형성과 변천〉(2004), 문성재의 〈명말 희곡의 출판과 유통~강남지역의 독서시장을 중심으로〉(2004)가 있다.

6) 金裕哲, 〈魏晉南北朝時代 강남사회와 종족문제〉, ≪중국의 강남사회와 한중교섭≫, 서울: 집문당, 1997, 25~26쪽

7) 黃鎭偉, ≪坊刻本≫, 4쪽

8) 胡應麟 著, 楊家駱 主編,≪少室山房筆叢≫卷4〈經籍會通四〉, 臺北: 世界書局, 1980, 56~57쪽.

9) 胡應麟, 앞의 책, 59쪽.

10) 謝肇淛, ≪五雜俎≫卷十三中.

11) 王士禛, ≪居易錄≫卷十四, 葉樹聲·余敏輝, 앞의 책, 2쪽에서 재인용.

12) 金埴, ≪不下帶編≫卷四, 葉樹聲·余敏輝, 앞의 책, 2쪽에서 재인용.

13) 명대 출판업 흥성 배경에 관한 논의로는 周心慧, 〈明代版刻述略〉, ≪中國古代版刻畵史論集≫(學院出版社, 2001), 인터넷 판 1~4쪽, 大木康, ≪明末江南の出版文化≫(東京: 硏文出版, 2004), 65~128쪽, 曹之, 〈試論明代版刻之成就〉, ≪歷代刻書槪況≫(印刷工業, 1983), 286~287쪽, 文盛哉, 〈명말 희곡의 출판과 유통〉(앞의 책), 153쪽 등을 참조할 수 있다.

14) 淸 龍文彬(1821~1893), ≪明會要≫卷26: "洪武元年八月, 詔除書籍稅.", "命禮部遣使購天下遺書善本, 命書坊刊行." 周心慧, 앞의 논문, 1쪽에서 재인용.

15) 淸 蔡澄, ≪鷄窓叢話≫: "元時人刻書極難. 如某地某人有著作, 則其地之紳士呈詞於學使, 學使以爲不可刻, 則已. 如可, 學使備文咨部, 部議以爲可, 則刊板行世, 不可則止." 周心慧, 앞의 논문, 2쪽에서 재인용.

16) "數十年讀書人能中一榜, 必有一部刻稿; 屠沽小兒沒時, 必有一篇墓志. 此等板籍幸不久卽滅, 假使長存, 則雖以大地爲架子, 亦貯不下矣!"周心慧, 앞의 논문, 2쪽에서 재인용.

17) 周心慧, 앞의 논문, 2쪽.

18) 王余光, ≪中國文獻史≫제1권(武漢大學出版社, 1993), 49쪽.

19) 范鳳書, 〈中國私家藏書槪述〉, ≪天一閣論叢≫(寧波出版社, 1996)

20) 傅璇琮, ≪中國藏書通史≫(寧波出版社, 2001), 818쪽.

21) 葉德輝 撰, 劉發·王申 外 校點, ≪書林淸話(附書林餘話)≫(瀋陽: 遼寧敎育出版社, 1998), 3쪽.

22) 명대 서원의 공간적 분포를 살펴보면, 장강 유역에 646개, 주강 유역에 364개, 황하 유역에 229개가 있었다. 宋莉華, 앞의 책, 30쪽 재인용.

23) 陸容, ≪菽園雜記≫卷10, 中華書局, 1997, 128~129쪽.

24) 胡應麟, 앞의 책, 55쪽.

25) 명대 북경 소재의 서방은 10개 남짓으로 남경의 93개, 소주의 37개, 항주의 24개에 비하면 자체의 출판 능력은 강남 도시들에 비할 수 없었으나, 수도로서 외지에서 출판된 도서들이 집중, 유통되는 소비시장의 성격이 강했다. 張秀民, ≪中國印刷史≫, 上海人民出版社, 1989, 348~374쪽. 한편, 서방의 정확한 수는 연구자에 따라 차이가 있다. 繆咏禾의 ≪明代出版史稿≫에 의하면 남경에 104개, 소주에 67개, 항주에 36개가 있었던 것으로 파악하고 있다.

26) 大木康, 〈明末江南における出版文化の研究〉, ≪廣島大學文學部紀要≫卷50, 82~83쪽, 吳金成, 〈明・淸시대의 국가 권력과 紳士〉, ≪강좌중국사≫Ⅳ, 208~210쪽.

27) "山西各縣, 素爲小說戲曲書籍之藏書地, 蓋山西各縣人多以錢莊銀號爲業, 豪於財, 不惜以千金以求精品, 及其家旣衰落, 場肆書賈, 多往求之." 張涵銳, ≪琉璃廠沿革考≫, 北京古籍出版社, 1982, 15쪽.

28) 宋莉華, 앞의 책, 27쪽.

29) 宋莉華, 앞의 책, 32쪽.

30) 이 표는 韓錫鐸・牟仁隆・王淸原 編, ≪小說書坊錄≫, 北京: 北京圖書館出版社, 2002의 자료에 근거하여 작성한 것이다.

31) "凡印書, 永豊綿紙爲上, 常山柬紙次之, 順昌書紙又次之, 福建竹紙爲下 …… 閩中紙短窄熏脆, 刻又舛訛, 品最下而直最廉."胡應麟, 앞의 책, 57쪽.

32) 고바야시 히로미쓰(小林宏光), ≪중국의 전통판화≫, 서울: 시공사, 2002, 89~92쪽.

33) 楊繩信, 〈歷代刻工工價初探〉, ≪歷代刻書槪況≫, 553~561쪽, 葉德輝, 〈明時刻書工價之廉〉, ≪書林淸話≫, 154쪽.

34) 이 표는 Kai—Wing Chow의 앞의 책 40쪽에서 인용한 것으로, 毛晉(1640~1713)의 ≪汲古閣珍藏秘本書目≫과 潘允端(1586~1601)의 ≪玉華堂日記≫에 나오는 구매 서목, 沈津의 〈明代坊刻圖書之流通與價格〉에서 조사된 것을 근거로 작성된 것이다.

35) 胡應麟, 앞의 책, 59쪽.

36) 張秀民, 〈明代南京的印書〉, ≪歷代刻書槪況≫, 276쪽.

37) Lucille Chia, 〈Of Three Mountains Street: The Commercial Publishers of Ming Nanjing〉, Cynthia J. Brokaw and Kai—wing Chow, 앞의 책, 129~130쪽 표 3・3 참조.

38) 黃鎭偉, 앞의 책, 41~42쪽.

39) ≪皖志稿≫〈集部考〉: "(汪廷訥)結諸環翠亭, 與湯顯祖, 王穉登, 陳繼儒, 方于魯, 李贄諸人遊." 黃鎭偉, 앞의 책, 168쪽에서 재인용.

40) Kai—Wing Chow, 앞의 책, 128쪽.

41) "不以工匠相稱, 朝夕研討, 十年如一日, 諸良工技藝, 亦日益加精." 黃鎭偉, 앞의 책, 161쪽에서 재인용.

42) 고바야시 히로미쓰, 앞의 책, 125~126쪽.

43) 宋莉華, 앞의 책, 41쪽.

44) 邱澎生, 〈明代蘇州營利出版事業及其社會效應〉(≪九州学刊≫, 1991), 3～4쪽.

45) 滎陽悔道人, 〈汲古閣主人小傳〉: "榜於門曰: 有以宋槧本至者, 門内主人計葉酬錢, 每葉出二佰; 有以舊鈔本至者, 每葉出四十; 有以時下善本至者, 別家出一千, 主人出一千二百." 葉德輝, 앞의 책 권7, 159쪽.

46) 葉樹聲, 앞의 책, 21쪽.

47) 당시, 長洲의 梅花墅는 杭州의 西湖, 蘇州의 虎丘와 더불어 강남의 3대 명소로 꼽혔다.

48) Kai—Wing Chow, 앞의 책, 126～128쪽. 여기에서 저자는 許自昌을 패트런으로서 문인과 상인의 성격을 지닌 士商 출판인으로 간주하고 있다.

49) 邱澎生, 앞의 논문, 6쪽.

50) 楊繩信, 〈歷代刻工工價初探〉, ≪歷代刻書槪況≫(앞의 책), 559쪽과 565～6쪽의 표4를 참조.

51) 丁錫根, ≪中國歷代小說序跋集≫(北京: 人民文學出版社), 774쪽.

52) 凌濛初, ≪初刻拍案驚奇≫〈序〉, 丁錫根, 앞의 책, 785쪽.

53) ≪休寧縣志≫卷一, 〈風俗〉: "徽州介萬山之中, 地狹人稠, 耕地三不瞻一, 卽豊年亦仰食江楚. 天下之民寄命於農, 而徽民寄命於商."

54) 嘉靖 ≪徽州府志≫: "(徽州)刻鋪比比皆是, 時人有刻, 必求歙工."

55) 方維保·汪應澤, ≪徽州古刻書≫(瀋陽: 遼寧人民出版社, 2004), 40쪽.

56) 趙吉士 ≪寄園寄所寄≫: "歙吳勉學一家, 廣刻醫書, 因爲獲利, 乃搜古今典籍, 并爲梓之. 刻資費及十萬." 乾隆 ≪徽州府志≫: "嘗校刻經·史·子·集數百種, 讐勘精審." 葉樹聲, 앞의 책, 63쪽에서 재인용. 吳勉學과 아들 吳中珩이 판각한 서적은 모두 300종 약 3,000여 권에 이른다.

57) 趙克生, 「汪道昆與徽商」(≪大安師專學報≫ 제15권, 1999), 47쪽.

58) 方維保, 앞의 책, 46쪽.

59) 安正熿, 〈≪揚州畫舫錄≫小考〉, ≪中國小說論叢≫ 제22집(2005.9), 192쪽.

60) 王澄, ≪揚州刻書考≫(揚州: 廣陵書社, 2003), 53쪽.

61) 여기에서 揚州 鹽商은 주로 徽商들을 말한다. 軍餉조달과 소금판매를 연결시켰던 명초의 開中法 체제가 명대 후기에 이르러 와해되자 염상의 주도권이 山陝商에서 徽商으로 넘어가게 되었기 때문이다. 曹永憲, 〈明代 鹽運法의 變化와 揚州 鹽商〉(≪東洋史學研究≫제71집), 65～66쪽.

62) "(馬日琯)見秘本値重價購之, 或世人所愿見者, 不惜於百金梓.", ≪清史稿≫〈列傳〉卷71

63) "揚州詩文會, 以馬氏小玲瓏山館·程氏篠園及鄭氏休園爲最盛. 至會期, 於園中各設一案, 上置筆二, 墨一, 端硯一, 水注一, 箋紙四, 詩韻一, 茶壺一, 碗一, 菓盒·茶食盒各一. 詩成卽發刻, 三日内尙可改易重刻, 出日遍送城中矣."李斗 撰, 周春東 注,≪揚州畫舫錄≫卷8, 濟南: 山東友誼出版社, 2001, 213쪽.

* 제2장은 박계화, 〈中國 江南地域 明淸代 文藝出版의 문화후원양상〉(≪中國語文論譯叢刊≫제18집, 2006)과 〈명청대 휘상의 문예출판 후원에 관하여〉(≪中國語文論譯叢刊≫제21집, 2007)를 수정·보완하였음.

제3장 명청대 강남지역의 출판 주체로 본 출판문화

1) 奚椿年, ≪中國書源流≫, 江蘇古籍出版社, 2002, 191쪽 참고.

2) 葉德輝, ≪書林淸話≫, 中華書局, 1999, 121쪽.

3) 梅之煥, ≪敍麟經指月≫, ≪명말 강남의 출판문화≫204쪽에서 재인용.

4) 陳細晶, ≪明末 蘇州 士人과 出版文化≫, 이화여자대학교 석사학위 논문, 2001, 3쪽.

5) 丁錫根, ≪中國歷代小說序跋集≫, 人民文學出版社, 774쪽.

6) "寶藏者異錦名香, 裹置高閣". 〈明末吳興凌氏刻書活動考〉, 57쪽.

7) "無問貧富好醜, 垂涎購之". 〈明末吳興凌氏刻書活動考〉, 61쪽.

8) 박계화, 〈중국 강남지역 明・淸代 문예출판의 문화후원양상〉, ≪中國語文論譯叢刊≫第18輯, 2006.7, 50쪽 참고.

9) "諸家校刻并是善本, 是正文字, 皆可依據, 戴・盧・丁・顧爲最." 傅璇琮主編, ≪中國藏書通史≫, 寧波出版社, 2001, 899쪽 참고.

10) "藏書不如讀書, 讀書不如刻書, 讀書只以爲己, 刻書可以澤人." 黃建國主編, ≪中國古代藏書樓研究≫, 中華書局, 2002, 64쪽.

11) "余喜藏書而兼喜刻書, 欲擧所藏而次第刻之." 傅璇琮主編, ≪中國藏書通史≫, 寧波出版社, 2001, 897쪽.

12) "是書煙沒不彰久矣. 余雖得之, 第藏之篋笥已耳. 敬非果川先生之助余剞劂, 安能使晦者忽顯乎." 傅璇琮主編, ≪中國藏書通史≫, 寧波出版社, 2001, 897쪽.

13) 徐有富・徐昕, 〈論毛晉的出版事業〉, ≪文獻學硏究≫, 江蘇古籍出版社, 2002, 68~69쪽 참고.

14) 徐有富・徐昕, 〈論毛晉的出版事業〉, ≪文獻學硏究≫, 江蘇古籍出版社, 2002, 70쪽.

15) 黃玉淑・于鐵丘編著, ≪趣談中國藏書樓≫, 百花文藝出版社, 2003, 20쪽.

16) 戴震, ≪戴震文集・戴節婦家傳≫, 中華書局, 1980.

17) 王成, 「明淸時期徽商對揚州文化發展的貢獻」(≪安慶師範學院學報』, 제18권 제5기), 63쪽.

18) 王成, 앞의 논문, 64쪽.

19) 袁枚, ≪小倉山房文集≫ 「翰林院編修程君墓誌銘」권26

20) 李斗, ≪揚州畵舫錄≫(齊南: 山東友誼出版社, 2001), 131쪽.

21) 居蜜・葉顯恩, 「明淸時期徽州的刻書和版畵(≪江淮論壇≫, 1995, 제2기), 51-52쪽.

22) 傅璇琮, ≪中國藏書通史≫, 寧波出版社, 2001, 880쪽.

23) 葉如強主編, ≪徽州文化知識讀本≫, 黃山書社, 2002, 107~109쪽 참고.

24) "廣刻醫書, 因而獲利, 乃搜古今典籍, 並爲梓之. 刻資費及十萬."≪寄園寄所寄≫권11, ≪명말 강남의 출판문화≫ 89쪽에서 재인용.

25) 陳傳席, 〈揚州鹽商與揚州畵派〉, ≪朵雲≫1995, 23쪽.

26) 徐凌志主編, ≪中國歷代藏書史≫, 江西人民出版社, 2004, 330쪽.

27) 傅璇琮, ≪中國藏書通史≫, 寧波出版社, 898쪽.

28) "秘本不敢自私, 當公諸同好.", "意在流傳舊本餉世." 徐凌志主編, ≪中國歷代藏書史≫, 江西人民出版社, 2004, 330쪽.

29) 陳細晶, ≪明末 蘇州 士人과 出版文化≫, 35~41쪽 참고.

30) "明人好刻古書而古書亡." 奚椿年, ≪中國書源流≫, 江蘇古籍出版社, 2002., 188쪽.

31) 黃玉淑·于鐵丘編著, ≪趣談中國藏書樓≫, 百花文藝出版社, 2003, 22쪽.

32) "明中葉以後刻書無不臆改, 刻成又不復細勘, 至今訛謬百出."(淸·顧廣圻 ≪廣弘明集≫ 跋文) 徐凌志主編, ≪中國歷代藏書史≫ 330쪽에서 재인용.

33) 葉德輝 ≪書林淸話≫, 中華書局, 1999, 221쪽.

34) 오오키 야스시 지음/노경희 옮김, ≪명말 강남의 출판문화≫, 소명출판, 2007, 43쪽.

35) 오오키 야스시 지음/노경희 옮김, ≪명말 강남의 출판문화≫, 소명출판, 2007, 32쪽에서 재인용.

36) 劉尙恒, ≪徽州刻書與藏書≫, 廣陵書社, 2003, 139쪽.

37) 奚椿年, ≪中國書源流≫, 江蘇古籍出版社, 2002, 193쪽.

38) 명청대에 이 지역의 私刻은 인쇄 방식도 다양하여 당시로서는 비교적 다 갖추고 있었던 셈인데, 자세한 상황은 劉尙恒, ≪徽州刻書與藏書≫139쪽과 葉如强主編, ≪徽州文化知識讀本≫108쪽 참고.

* 제3장은 장미경, 〈明淸代 江南地域의 出版文化 - 출판의 주체를 중심으로〉(≪中國文學硏究≫ 제35집, 2007)를 수정·보완한 것임.

제4장 명청대 강남지역의 문예출판

1) 苗壯,≪筆記小說史≫, 절강고적출판사, 1998, 302쪽.

2) 청대 王士禛의≪居異錄≫에 "明時御史, 巡鹽茶, 學政, 部郞, 榷關等差, 率出俸錢刊書."라는 기록이 있다.

3) "吳中自昔多儒家, 不特一時. 師友遊會之盛, 往往父子兄弟, 交承紹襲, 引之不替, 斯風至美." 祝允明, ≪懷星堂集≫권29「紀敍·笠澤金氏重建安素堂記

4) "枝山(祝允明)好集異聞, 而書爲吳中第一. 每客來談, 異則命之酒, 或與之書. 輕佻者欲得先生書, 多撰爲異聞以告. 先生不知其僞輒錄之. 今所撰≪志怪≫蓋數百卷中可信者十不能一." 朱震孟, ≪河上楮談≫제1, 明萬曆刻≪朱秉器全集≫本.

5) 李漁, ≪古今笑史序≫

6) 謝國禎, 「叢書刊刻源流考」≪明淸筆記談叢≫, 上海古籍出版社, 1981, 204~205쪽.

7) "明人刻書有一種惡習, 往往刻一書而改頭換面, 節刪易名.", 葉德輝, ≪書林淸話≫권7.

8) 劉葉秋 저, 김장환 옮김,≪中國類書槪說≫, 학고방, 2005, 3쪽.

9) 葉德輝,≪書林淸話≫ 권8「唐宋人類書刻本.

10) "自小涉獵(≪太平廣記≫), 輒喜其博奧, 厭其蕪穢", 풍몽룡,≪태평광기초≫〈小引〉

11) 호응린,≪少室山房筆叢≫「九流緒論 하

12) 寧稼雨,≪中國文言小說總目提要≫, 齊魯書社, 1996, 243쪽.

13) 戴健・李昌集,〈明下葉吳越刊刻中心與通俗小說〉

14) 程國賦,≪明代書坊與小說研究≫, 북경: 중화서국, 2008, 84쪽.

15) 鄭振鐸,〈劫中得書續記・批點考工記〉,≪鄭振鐸全集≫ 제6책, 花山文藝出版社, 1998, 863쪽

16) 문성재,〈명말 희곡의 출판과 유통―강남지역의 독서시장을 중심으로〉, 앞의 책, 147쪽.

17) "吳興凌氏諸刻, 急於成書射利……至於≪水滸≫≪西廂≫≪琵琶≫及≪墨譜≫≪墨苑≫等書, 反覃精聚神, 窮極要眇, 以天巧人工, 徒爲傳奇耳目之玩, 亦可惜也." 謝肇淛, ≪五雜組≫ 권13

18) 이은상, ≪시와 그림으로 읽는 중국역사≫, 241쪽.

19) 朱萬曙, ≪明代戲曲評點研究≫, 合肥: 안휘교육출판사, 2002, 23쪽.

부록 : 명청대 강남지역 장서 문화

1) "著通查各省進到之書, 其一人而收藏百種以上者, 可稱爲藏書之家."(≪四庫全書叢目・卷首≫ 中和書局. 1965年版.)

2) 王紹曾・沙嘉孫≪山東藏書家史略≫, 山東大學出版社, 1992, ≪中國藏書通史≫ 818쪽에서 재인용.

3) 傅璇琮, ≪中國藏書通史≫, 寧波出版社, 2001, 659쪽 참고.

4) "奉圣旨'在京但有軍官軍人學唱的割了舌頭……', 府軍衛虜讓男虜端, 故違吹簫唱曲, 將上唇連鼻尖割了" 王利器 輯錄, ≪元明淸三代禁毀小說戲曲史料≫, 上海古籍出版社, 1981, 12-14쪽.

5) 王利器 輯錄, ≪元明淸三代禁毀小說戲曲史料≫, 上海古籍出版社, 1981, 8～14쪽 참고.

6) 傅璇琮, ≪中國藏書通史≫, 寧波出版社, 2001, 665쪽 참고.

7) 董秉琮著・김연주옮김, ≪서법과 회화≫, 미술문화, 서울, 2005, 34～35쪽 참고.

8) 傅璇琮, ≪中國藏書通史≫, 寧波出版社, 2001, 669쪽.

9) 范鳳書, ≪中國私家藏書史≫, 大象出版社, 2001, 678쪽.

10) 范鳳書, ≪中國私家藏書史≫, 大象出版社, 2001, 679쪽.

11) 傅璇琮, ≪中國藏書通史≫, 寧波出版社, 2001, 880쪽.

12) "自來嗜學好古之士以積書稱者, 代不乏人. 風尚所趨, 首推江浙, 而吳中實其中心也." 蔣鏡寰, ≪中國歷史藏書論著讀本≫, 四川大學出版社, 1990, 642쪽.

13) 瀧川龜太郎(日), ≪史記會注考證≫, 洪氏出版社, 臺灣, 1986, 276쪽.

14) 黃玉淑・于鐵丘編著, ≪趣談中國藏書樓≫, 百花文藝出版社, 2003, 16쪽.

15) 倪波・張志强主編, ≪文獻學導論≫, 貴州科技出版社, 2000, 167～168쪽 참고.

16) 黃玉淑・于鐵丘編著, ≪趣談中國藏書樓≫, 百花文藝出版社, 2003, 25쪽에서 재인용.

17) 自宋以來, 書目十有余種, 燦然可觀. 按實求之, 其書十不存四五. 黃玉淑・于鐵丘編著, ≪趣談中國藏書樓≫, 百花文藝出版社, 2003, 26쪽에서 재인용.

18) 藏書不如讀書, 讀書不如刻書, 讀書只以爲己, 刻書可以澤人. 黃建國主編, ≪中國古代藏書樓研

究≫, 中華書局, 2002, 64쪽.

19) 毛氏之書走天下. 徐有富・徐昕,〈論毛晋的出版事業〉, ≪文獻學研究≫, 江蘇古籍出版社, 2002, 68–69쪽 참고.

20) 徐有富・徐昕,〈論毛晋的出版事業〉, ≪文獻學研究≫, 江蘇古籍出版社, 2002, 70쪽.

21) 黃玉淑・于鐵丘編著, ≪趣談中國藏書樓≫, 百花文藝出版社, 2003, 22쪽.

22) 其書册滿家, 篤學考古, 至忘寢食. 徐良雄主編, ≪中國藏書文化研究≫, 寧波出版社, 2003, 407쪽.

23) 黃玉淑・于鐵丘編著, ≪趣談中國藏書樓≫, 百花文藝出版社, 2003, 29쪽.

* 부록은 장미경,〈明淸代 江南地域 藏書家의 문화적 역할〉(≪中國學論叢≫제21집, 2006)을 수정・보완한 것임.

박계화

▌약 력

연세대학교 중문과를 졸업하고 중국 북경대학 중문과에서 문학석사, 연세대학교 중문과에서 문학박사 학위를 받았다. 박사논문으로 <청초문언소설의 서사특징 연구>가 있으며, <≪요재지이≫의 문체에 관하여>, <중국 강남지역 명청대 문예출판의 문화후원양상> 등의 논문과 번역서로 ≪역사에서 허구로≫, ≪태평광기≫, ≪우초신지≫(근간)가 있다. 상명대학교 한중문화정보연구소 전임연구교수를 역임하였으며 현재는 성균관대학교 동아시아 학술원 연구교수로 연세대학교, 인천대학교 등에서 강의하고 있다.

장미경

▌약 력

성균관대학교 중문과를 졸업하고 대만 정치대학 중문연구소 문학석사, 성균관대학교 중문과에서 문학박사 학위를 받았다. 박사논문으로 <풍몽룡의 ≪소부≫ 연구>가 있으며, <한중 소화 비교연구>, <명청대 강남지역의 출판문화-출판의 주체를 중심으로> 등의 논문과 번역서로 ≪낭원≫(중국현대소설)이 있다. 상명대학교 한중문화정보연구소 전임연구교수를 역임하였으며 현재 성균관대학교, 세명대학교 등에서 강의하고 있다.

상명대학교 한중문화정보연구소 총서
≪명청대 강남후원문화 시리즈≫

명청대 출판문화

초판인쇄 | 2009년 8월 28일
초판발행 | 2009년 8월 28일

지은이 | 박계화·장미경
펴낸이 | 채종준
펴낸곳 | 한국학술정보㈜
주 소 | 경기도 파주시 교하읍 문발리 파주출판문화정보산업단지 513-5
전 화 | 031) 908-3181(대표)
팩 스 | 031) 908-3189
홈페이지 | http://www.kstudy.com
E-mail | 출판사업부 publish@kstudy.com
등 록 | 제일산-115호(2000. 6. 19)

ISBN 978-89-268-0357-8 93820 (Paper Book)
      978-89-268-0358-5 98820 (e-Book)

이담 는 한국학술정보(주)의 지식실용서 브랜드입니다.